ROYAL HOTTIE - VERSION FRANÇAISE

KYLIE GILMORE

Traduction par
LAURE VALENTIN

Royal Hottie - Version française: © 2019 par Kylie Gilmore

Couverture par : Michele Catalano Creative

Publié par : Extra Fancy Books

Traduit par : Laure Valentin

ISBN-10 : 1-947379-77-1

ISBN-13 : 978-1-947379-77-0

1

———

Phillip

« Le prince Phillip laisse des joyaux de la couronne en cadeau de départ après ses aventures d'un soir. »

Ha ! Ce gros titre dans la presse est encore plus ridicule quand on le lit à haute voix. Désolé, mesdames, mes joyaux *sont* le cadeau.

Je suis le prince Phillip Rourke, vingt-neuf ans, deuxième dans l'ordre de succession au trône. En ligne, je suis connu sous le surnom de « beau gosse royal », et de très – trop – nombreuses photos de moi circulent sur la toile, en compagnie de belles femmes lors de mes voyages dans toute l'Europe. Si vous lisez la presse, vous savez que mes cheveux bruns épais toujours décoiffés ont un petit côté sexy, que mes yeux turquoise sont saisissants et que mes pommettes hautes et ma mâchoire carrée présentent une beauté classique. Ajoutez à cela mon charme naturel et ma personnalité chaleureuse, et vous comprendrez aisément pourquoi je ne suis jamais en manque de compagnes de la gent féminine. Les femmes m'aiment et je le leur rends bien. Jamais très longtemps, cela dit.

Je sirote un verre de scotch en envisageant de faire un saut en Norvège pour retrouver Ingrid, un top-modèle à la langue aussi habile que discrète, quand mon téléphone sonne. Je consulte l'écran. Anna, ma belle-sœur, reine de Villroy depuis hier, date de son mariage avec mon frère aîné, Gabriel, le roi. Malheureusement, mon père, l'ancien roi, est décédé il y a six semaines, avant leur mariage. Il s'en est allé paisiblement dans son sommeil après une longue et laborieuse bataille contre le cancer. Anna lui a apporté un rayon de soleil et il est tombé sous son charme, comme nous tous.

J'effleure le téléphone, enclenche le haut-parleur et pose l'appareil sur la table basse avant de m'adosser dans mon fauteuil en cuir, dans la suite que j'occupe au palais.

— Anna, je n'en reviens pas que tu m'appelles pendant ta lune de miel.

Elle était fébrile à la perspective de découvrir Paris pour la première fois. Même si elle vit sur l'île de Villroy depuis trois mois, au large de la côte sud-ouest de la France, elle ne s'est jamais aventurée sur le continent pour la moindre petite excursion. C'est une Américaine, impertinente, effrontée et drôle, l'exact opposé de mon frère, digne descendant stoïque de nos ancêtres vikings. Il s'est déridé depuis peu. Sans doute Anna lui a-t-elle transmis son virus de la gaieté, et je préfère ne pas savoir comment. Ha !

La voix de ma belle-sœur se fait entendre dans le haut-parleur, chaleureuse et vibrante de joie :

— Nous sommes dans la limousine en route pour l'hôtel et je me suis rendu compte que j'avais complètement oublié de te dire quelque chose au sujet des invitées qui arrivent la semaine prochaine.

Elle a rénové toute une section du palais afin de l'offrir comme « expérience royale », pour des séjours entre filles ou des voyages de noces. C'est la première étape de son projet pour l'île qui, à terme, créera de nouveaux emplois et renflouera les caisses de Villroy. C'est la première salve de clientes. Pendant une semaine, ces dames vont bénéficier d'un tas de soins de beauté, concoctés par Anna en personne, esthéticienne de métier. À terme, elle a l'intention de faire construire un spa – à l'écart du palais – et d'y vendre des produits de beauté à base d'ingrédients naturels de l'île. C'est une idée brillante qui pourrait bien sauver notre économie en berne depuis que l'industrie de la pêche bat de l'aile.

— Qu'y a-t-il ? dis-je avec un sourire amusé.

Elle va sans doute me demander d'ajouter dans la suite un cadeau de bienvenue franchement inapproprié, des bikinis comestibles par exemple. Hmm, j'irai peut-être faire un tour pour accueillir ces dames comme il se doit.

— Mes chères invitées sont impatientes d'arriver, mais pas seulement parce que j'ai promis de m'occuper de leurs cheveux. Tu sais que je leur manque, au salon.

Ses premières invitées ne sont autres que les clientes les plus aisées qui fréquentaient son salon de coiffure, aux États-Unis.

— Hmm, hmm, dis-je en prenant une gorgée de scotch. Tu es irremplaçable, unique en ton genre.

— Eh bien, merci, Phillip. Tu es un amour.

J'entends un bruit étouffé et le grognement bourru de mon frère Gabriel. Il est très possessif avec sa nouvelle épouse. Elle revient au téléphone au bout d'un long moment, un peu essoufflée :

— Qu'est-ce que je disais ?

— Tu as oublié de me dire quelque chose au sujet des invitées ?

— Oh, oui. Je suis désolée de t'imposer ça à la dernière minute, mais j'étais tellement occupée avec les préparatifs du mariage, à apprendre le protocole royal et à superviser les entrepreneurs pour la suite royale... tu sais, il manque toujours un petit quelque chose. J'ai réglé les derniers détails ce matin, alors je crois que tout est bon, mais quand on rénove, il manque toujours deux ou trois bricoles, surtout dans un endroit aussi vieux que le palais d'Amalie. Que dirais-tu si on le rebaptisait, le palais Rourke par exemple ? Ce serait plus cohérent, étant donné que la famille Rourke l'occupe depuis des siècles et que les Français qui l'ont nommé Amalie sont partis depuis longtemps. J'ai beaucoup appris sur votre histoire et...

— Crache le morceau.

En temps normal, elle est franche et directe. Si elle jacasse, c'est pour gagner du temps.

— Ne sois pas fâché, d'accord ?

Je change de position sur mon fauteuil, soudain mal à l'aise.

— Que se passe-t-il ?

— J'ai promis à nos clientes une vente aux enchères pour célibataires. Il y a un rencard avec un prince à gagner et... eh bien, tu es le beau gosse royal. Ce qui fait de toi le prix idéal. Les enchères vont monter très haut – ces femmes sont pleines aux as – et nous consacrerons l'argent à la phase deux, le spa.

Aussitôt, je me redresse. Connaissant Anna, elle va nous affubler, mes frères et moi, de tenues de strip-teaseurs ridicules. C'est bien possible ! Elle est capable de tout. Une vision terrifiante me vient à l'esprit : une horde de femmes en chaleur qui me foncent dessus alors que je parade sur une scène en string à paillettes bleu et argenté. Les couleurs royales officielles, naturellement. Ensuite, il faudra que je m'offre à la plus offrante. Cela ne me laisse aucun choix, or je suis un homme très pointilleux. J'attends toujours un certain niveau de sophistication chez les femmes que je fréquente, je ne me jette pas sur la première venue au portefeuille bien garni. Soudain, je touche du doigt ce que Gabriel a dû ressenti avec la compétition barbare organisée par mes parents pour lui trouver une épouse. Une histoire amusante pour ceux qui n'y ont pas été mêlés. Je me suis moqué de lui, à l'époque. Rira bien qui rira le dernier, pour le coup.

Elle continue avec enthousiasme :

— Alors, tu vois, c'est pour la bonne cause.

— Quel que soit le montant que tu espérais recueillir avec cette vente aux enchères, j'en ferai don à la cause. Non, je double même la mise.

Le fait est que l'économie de l'île est condamnée à la ruine dans une génération seulement. Les jeunes s'en vont massive-ment, abandonnant l'industrie de la pêche moribonde pour de meilleures opportunités. Notre famille est fortunée, principalement grâce à ses joyaux et à ses placements juteux, mais notre argent ne suffirait pas à remettre le pays à flot. Je veux bien donner un coup de pouce à cette nouvelle initiative, tout comme le reste de la famille devrait le faire. Cependant, il faudra bien que l'économie de Villroy finisse par fonctionner d'elle-même.

— En fait, l'argent n'est pas la raison principale de cette vente aux enchères, même si j'apprécie ta promesse de don. Je veux que mes clientes vivent à fond leur expérience royale, sachant que les fonds financeront le spa de jour, qu'elles aient envie de revenir pour son inauguration et qu'elles en parlent autour d'elle, qu'elles disent à tout le monde à quel point c'est formidable. Ces femmes ont réussi dans leurs domaines respectifs et elles ont le bras long.

Elle est très maline. En d'autres circonstances, je serais admiratif, mais pas cette fois. Et en quoi consisterait ce rencard avec la plus offrante ? Une sorte de cliché romantique à se frapper la tête contre les murs ? J'imagine la promenade incontournable sur la plage, main dans la main, puis un dîner aux chandelles pendant lequel je serai forcé de feindre l'intérêt pour une femme que je n'ai pas choisie. Elle gloussera, béate d'être avec le beau gosse royal, ou pire, elle essaiera activement de me mettre dans son lit pour pouvoir s'en vanter. De toute façon, je ne coucherai pas avec l'une de ces femmes. En fin de compte, je passerais pour le méchant dans l'histoire, pour un type distant ou je ne sais quel qualificatif sanctionnant le désintérêt que je n'aurais pas pu cacher pendant toute la soirée. Et ces dames sont ici pour une semaine entière. Un rencard ne suffira peut-être pas, il sera peut-être suivi par des yeux doux et des roucoulades à n'en plus finir.

Je me frotte le visage.

— Alors, nous devons assurer le divertissement de ces dames pendant la semaine.

— Dis-toi que tu utilises ta célébrité pour une bonne cause.

Elle sait que j'utilise déjà ma célébrité pour servir de

nobles causes. Je suis très engagé pour l'accès à l'eau potable dans les pays en voie de développement. *Non.* Cette fois, c'est différent. Il s'agit d'offrir un prince en pâture. C'est indigne de moi et de mon rang.

— Anna, je regrette, mais…

— Ce sera très discret. Il n'y aura que les clientes. S'il te plaît, Phillip, tout le monde adore le beau gosse royal. Tu es célèbre en Amérique, ce qui fait de toi la tête d'affiche idéale.

Je campe sur mes positions.

— Je suis sûr que mes frères seront partants, tu n'auras même pas besoin de moi.

Mes frères cadets ne refusent jamais une bonne rigolade et ils ne se soucient pas de leur image princière, étant donné qu'ils sont plus loin dans l'ordre de succession au trône.

— Au fait, as-tu demandé à tes invitées de signer une clause de confidentialité ?

— Euh, non. J'oublie toujours. Je la leur ferai signer dès leur arrivée. Il est possible qu'elles en aient parlé à leurs amies, mais pas d'inquiétude. Personne d'autre ne sera admis au palais. Cette vente aux enchères est uniquement sur invitation. Oh, et tes frères sont déjà au courant.

— Alors, tout le monde le savait sauf moi ? aboyé-je.

Pourquoi mes frères ne m'ont-ils rien dit ? Ils habitent toujours au palais, même s'ils sont tous adultes. C'est un endroit si vaste que chacun bénéficie de l'intimité de sa propre suite, et le jet nous emmène hors de l'île chaque fois que nous en avons envie. Je parie qu'ils se marrent bien à mes dépens depuis des semaines.

Anna s'empresse de poursuivre :

— J'étais très occupée, et il se trouve que j'ai croisé Lucas, qui l'a dit à Oscar, qui a tout raconté à Adrian. Honnêtement, ils seront uniquement là pour mettre un peu d'animation, même s'ils sont tout aussi canon que… ah ! *Gabriel !*

Sans doute l'a-t-il pincée pour lui rappeler qu'il était l'unique canon qui compte pour elle.

— Sérieusement, mes clientes ne parlent que de toi.

Je ne participerai pas à ta foutue vente aux enchères ! Je serre les dents pour me retenir de lui en mettre plein la tête. Après tout, elle est en lune de miel. C'est ma belle-sœur adorée. Et c'est la reine.

— Non, dis-je résolument, le plus poliment possible.

— Quoi ? Allô ? Phillip, tu es là ? Tu m'entends ?

Je me penche vers le téléphone.

— Oui, je t'entends.

— Allô ? *Ffffff...* on passe dans... tunnel. *Fffff.* Je ne t'entends pas !

Le ricanement grave de mon frère me parvient très nettement par le haut-parleur.

— On se parle dès mon retour.

Sur ce, elle raccroche.

J'appuie furieusement sur le bouton de fin de communication et je vide mon verre d'un trait. Elle m'a très bien entendu. Eh bien, tu sais quoi, Anna, reine de Villroy, je refuse d'être vendu aux enchères comme un jambonneau !

Ça fait vingt-quatre heures qu'Anna m'a informé de la vente aux enchères et je campe fermement sur mon refus, en dépit des tentatives de mon frère pour me convaincre. Il prétend que ce sera amusant, comme toujours avec Anna. Je ne devrais pas culpabiliser de la décevoir. Cette histoire de vente aux enchères est le comble du ridicule.

Je m'éloigne dans l'aile est pour contempler la suite royale de rêve qu'Anna a créée pour ses clients, au point de mettre la main à la pâte avec ses propres outils. Elle était non seulement esthéticienne chez elle, aux États-Unis, mais également concierge pour son immeuble. Cette fille sait-elle tout faire ? Mon respect pour elle ne me fera pas changer d'avis au sujet de la vente aux enchères. Je comprends sa démarche, mais elle doit forcément avoir d'autres options. J'espère qu'une visite de la chambre royale me donnera des idées.

Cette île est mon héritage, après tout, là où ma famille a régné pendant des siècles. Notre lignée remonte à une tribu originale de Vikings connus sous le nom d'Hommes Sauvages. Mes frères et moi, nous adorions jouer aux batailles de Vikings quand nous étions enfants. Ces premiers habitants venaient d'une colonie basée dans les îles irlandaises et ils ont amené leurs épouses de là-bas. C'est mon peuple, mon île, et – avant l'arrivée d'Anna et de ses idées fantasques – nous désespérions de sauver notre économie.

Autrefois, nous étions un important fournisseur de fruits de mer et de poissons, mais comme ces produits viennent à manquer, les pêcheurs sont contraints de naviguer de plus en plus loin pour des prises moins importantes. Le projet d'Anna consiste à utiliser l'industrie de la pêche pour produire des ingrédients cosmétiques : huile de poisson, éponges, gommages au sel de mer, boue et Dieu sait quoi. Ainsi, elle préserve notre mode de vie traditionnel tout en nous propulsant dans le siècle moderne. Cette femme est brillante.

Mon idée pour dynamiser l'économie – faire de Villroy une destination de choix pour les mariages – n'a pas fonctionné aussi bien. J'essaie de ne pas y penser. Naturellement, les deux magazines prestigieux qui ont assisté au mariage d'inauguration ont passé la journée sur les lieux pour être présents aux deux mariages, dont l'un était composé de furries. Oui, ces gens qui aiment porter des costumes d'animaux en peluche. L'événement a été un désastre du début à la fin et je ne m'en remettrai jamais. Heureusement, Gabriel trouve ce souvenir amusant. À l'époque, j'ai bien cru m'arracher la tête à mains nues.

Je m'arrête devant la suite royale, étonné de trouver la porte ouverte. Le fait qu'Anna ait pu oublier de faire signer des accords de confidentialité à ses clientes et amies et qu'elles soient arrivées en avance déclenche une alarme dans ma tête. La nouvelle a peut-être déjà fuité. Si ça se trouve, les chambres adjacentes sont déjà remplies à craquer de femmes impatientes de crier sur tous les toits qu'elles sont sorties avec le beau gosse royal.

Tout est calme. J'entre dans le salon de la suite principale dotée d'un balcon qui offre une vue imprenable sur la mer. La suite semble déserte. Un domestique est peut-être sorti en oubliant de fermer la porte après avoir rangé. Je continue et entre dans la chambre où trône un lit en acajou à quatre colonnes avec un baldaquin d'un blanc pur. L'ameublement de la suite est tout en acajou ancien avec des tissus aux accents bleu royal. Des œuvres d'artistes locaux sont suspendues aux murs, toutes à vendre avec une brochure discrète présentant les autres œuvres disponibles au marché du samedi, près du port. Anna a fait en sorte d'impliquer un maximum d'habitants de l'île dans ce nouveau projet.

Je passe une main dans mes cheveux. Comment aider les clients à s'investir dans le projet tout en maintenant la dignité du titre princier ? Ou du moins, ma propre dignité. Mes frères sont irrécupérables.

— Vous êtes le prince Phillip, le beau gosse royal ! s'écrie une femme, me faisant sursauter.

Son accent est américain. À l'évidence, une copine d'Anna. Elle devait être tellement impatiente de me rencontrer qu'elle est arrivée avec une semaine d'avance. Anna m'a dit que ses copines ne parlaient que de moi. Je réprime un grognement alors qu'elle sort de la salle de bain de la suite, ses yeux verts écarquillés.

Je la dévisage à la recherche d'éventuels défauts chez cette femme croqueuse d'hommes qui a l'intention de faire une offre pour m'acquérir aux enchères. Elle a une vingtaine d'années, avec des cheveux blond cendré coiffés en queue de cheval, un teint laiteux, les joues colorées et les lèvres roses. Menue, mais bien roulée, elle doit mesurer un mètre cinquante-trois et porte un chemisier brodé bleu ciel de type bohémien avec un jean moulant délavé et des ballerines. Bon Dieu, pas un seul défaut. Elle est belle. Avec ses cheveux lâchés, elle serait sans doute encore plus sexy. Mais ses intentions sont douteuses et je dois absolument calmer mes ardeurs.

Elle m'adresse un petit geste de la main et un sourire illumine son visage.

—Bonjour !

Je me renfrogne.

— Vous êtes en avance.

— Anna m'a dit que je pouvais venir directement dans la suite royale dès mon arrivée.

Elle secoue la tête en souriant.

— Désolée d'avoir laissé mon côté fan-girl prendre le dessus quand je vous ai vu. C'est tellement bizarre de vous voir dans la vraie vie après avoir vu toutes ces photos de vous en ligne. Vous êtes encore plus beau en personne.

— Merci, dis-je froidement.

— Quelque chose ne va pas ?

Tout me perturbe dans cette situation. Je refuse d'être traité comme un morceau de viande, même par une belle femme qui me trouve plus beau en chair et en os. Je fais appel au protocole royal qui coule dans mes veines pour lui répondre :

— Une femme qui rencontre un prince pour la première fois doit s'adresser à lui sous le nom de Votre Altesse. Elle doit pencher la tête et faire une révérence.

La jeune femme écarquille ses yeux verts et sa mâchoire se décroche.

En temps normal, je ne jouerais pas la carte du rang social, mais elle ne doit pas être trop familière avec moi en croyant que je suis à vendre.

— Vous pouvez oublier tout ce que vous imaginiez entre nous. Je ne sortirai pas avec vous, à aucun prix.

Elle recule vivement la tête et ses sourcils remontent sur son front.

— Pardon ?

— Vous m'avez très bien entendue, dis-je en croisant les bras. Je ne suis pas à vendre.

Puis j'indique la porte d'un geste du menton.

— Vous devriez peut-être partir si c'était ce que vous attendiez de moi.

Nous nous défions du regard pendant une durée très gênante. Je refuse de partir en premier. Elle plisse les yeux, mais elle ne bouge pas d'un pouce. J'ai déjà utilisé mon rang, c'est à elle de s'en aller.

Enfin, je romps le silence sans la quitter des yeux.

— Vous pouvez disposer.

— Hors de question que je *dispose*. Savez-vous qui je suis, Votre Altesse ?

Elle a prononcé mon titre sur un ton moqueur, sans la courbette de rigueur. Quelle grossièreté.

— Vous êtes une amie d'Anna, ce qui me laisse entendre ce que vous imaginez. Vous avez sans doute observé mon portrait en ligne en nous imaginant tous les deux au soleil couchant ou autres fadaises…

Elle lève une paume.

— Permettez-moi de vous interrompre. Je suis ici sur demande de la reine et, à ce que je sache, la reine est supérieure au prince, alors on se calme, cow-boy. En partant, faites attention que la porte ne se referme pas sur votre auguste fessier.

Sur ce, elle sort un mètre ruban de la poche arrière de son jean et elle me tourne le dos pour commencer à prendre des mesures dans la chambre – de la commode au plafond, de la commode au sol, de la commode à la porte de la salle de bain.

Je la dévisage, sous le choc. Vient-elle de m'envoyer balader ? Quelle insulte ! Je suis deuxième dans l'ordre de succession au trône ! D'ailleurs, il y a trois mois, j'ai failli prendre la place de Gabriel en tant qu'héritier royal quand il a cru qu'on ne l'autoriserait pas à épouser Anna, une roturière. Je l'ai échappé belle. Bien sûr, je l'aurais fait par amour pour mon frère qui a succombé au charme d'Anna au point d'accepter d'abdiquer pour pouvoir l'épouser, mais je me réjouis de rester la pièce de rechange insouciante. Malgré tout, c'est une place importante. S'il devait arriver quelque chose à Gabriel, je deviendrais roi. Alors, on ne m'envoie pas balader !

Elle sort un petit carnet et un crayon d'une autre poche de son jean et griffonne pendant une minute.

Je me racle ostensiblement la gorge.

Elle jette un œil par-dessus son épaule.

— Vous êtes toujours là ? fait-elle avant de ranger son carnet et son crayon. Venez par ici et rendez-vous utile, alors. Aidez-moi à mesurer la longueur de la pièce.

Elle me tend l'extrémité de son mètre ruban.

C'est à ce moment-là que je tourne les talons. Maintenant, c'est *moi* qui l'envoie balader.

J'ai à peine fait deux pas en direction de la porte quand je l'entends marmonner à haute voix :

— Bon sang, le beau gosse royal a pris la grosse tête. Quelle déception.

Encore une insulte. Je fais volte-face, prêt à lui passer un savon. *Non.* Elle ne mérite même pas une minute supplémentaire de mon temps.

Je me rends directement dans l'aile ouest pour rejoindre ma propre suite. J'ignore toujours qui est cette femme, mais je suis content qu'elle soit déçue. Je ne lui ai même pas demandé son nom. En règle générale, je suis chaleureux et amical, surtout avec une belle femme, mais cette vente aux enchères imminente me met sur la défensive.

Vous savez quoi ? Tant mieux. Je décevrai peut-être toutes les clientes croqueuses d'hommes invitées par Anna, si bien qu'elles ne verront aucun inconvénient à ce que je ne participe pas à l'événement. D'ailleurs, je vais envoyer un message à Anna sur-le-champ. *J'ai rencontré l'une de tes clientes et je l'ai tellement déçue qu'elle ne misera rien sur moi.*

Aucune réponse d'Anna.

Je ne peux m'empêcher d'insister. *Je t'ai dit non pour la vente aux enchères, alors conseille à tes copines de ne pas m'approcher.*

Quand j'arrive enfin dans ma suite, la réponse alarmante d'Anna apparaît sur mon écran : *C'est mon amie Ruby. Elle est décoratrice d'intérieur et elle me rend un grand service en acceptant une mission de dernière minute pour sublimer la suite royale. Qu'est-ce que tu as fait ?*

Euh…

Mes pouces volent sur le clavier. *Je croyais qu'elle voulait miser sur moi. Ne t'inquiète pas. Je vais corriger mon erreur et la convaincre avec mon charme.*

Anna : *Ne pense même pas à coucher avec Ruby ! Elle n'aime pas les histoires d'un soir et elle n'a pas de temps à perdre.*

Je n'y pensais pas. Cela dit, c'est une belle femme.

Ta réputation te précède. On a besoin d'elle et je ne peux pas me permettre que tu fiches tout en l'air comme tu le fais avec toutes les femmes.

Aïe. C'est bien noté.

Je t'aime bien, mais garde-la dans ton pantalon.

Je lève les yeux au ciel. *Compris. Ruby est intouchable.*

Depuis quand l'interdit est-il aussi tentant ? Oh, je peux bien me contrôler. Aucun problème.

2
____

Ruby

Arrogant ? Oui.

Grossier ? Oui.

Imbu de sa personne ? Oui, puissance mille.

C'est quoi son problème ? Il débarque ici alors que j'essaie de faire mon travail pour me demander de partir ? Pour m'informer qu'il ne sortirait avec moi pour rien au monde ? Euh, allô ! Je ne lui ai rien demandé, moi. Ce gars a une telle estime de lui qu'il n'imagine même pas qu'on puisse ne pas avoir envie de sortir avec lui. _C'est moi, le beau gosse royal._ Ça va, redescends sur terre, mon vieux. Comme si je voulais être son parfum de la semaine. Bon sang, j'ai passé les deux derniers mois à me remettre d'une longue relation désastreuse qui s'est soldée par la perte de mon emploi et mon retour chez mes parents. Pas exactement ce dont on rêve pour ses vingt-cinq ans. Alors, la dernière chose dont j'ai besoin, c'est un play-boy dans son genre.

Je ne dis pas qu'il n'est pas magnifique. C'est une vraie beauté, avec ses cheveux bruns épais, ses yeux d'un bleu aigue-marine saisissant, ses pommettes hautes et ses joues creuses, sa mâchoire carrée et ses lèvres rebondies. Sa silhouette d'un mètre quatre-vingt est une perfection tout en muscles : des épaules larges, des biceps saillants, un torse puissant, des hanches étroites et des jambes aux muscles dessinés. Bon, d'accord, j'ai un petit côté fan-girl. Il se pourrait que j'aie jeté un œil à sa biographie et/ou que je l'aie reluqué torse nu sur la plage au bras de telle ou telle top-modèle. C'était sympa de fantasmer sur le prince beau gosse. Maintenant, tout est parti en fumée parce qu'en réalité, ce n'est qu'un grossier personnage, arrogant et trop sûr de lui. *Pfff.*

Cette mission de décoration d'intérieur est une occasion en or et je ne prends pas mon travail à la légère. Quand Anna m'a appelée dimanche matin pour me proposer ce poste, j'ai sauté dans le premier avion. Elle me rembourse les frais de déplacement, étant donné que je suis fauchée. C'est une fille géniale, une amie fidèle, et je n'ai aucun mal à la qualifier de reine. Sa belle-mère a renoncé à ce statut à la mort de son mari pour redevenir une princesse.

Anna a déjà fait un incroyable travail en choisissant les meubles, la literie et les tentures. Je ne fais qu'ajouter la touche finale. Le seul problème, c'est que les ressources locales sont limitées – éclairage, accessoires de décoration, une nouvelle tablette de cheminée pour la suite principale – et je suis freinée dans mes échanges avec les fournisseurs les plus proches, situés en France, par le fait que je ne parle aucun mot de français. Et puis, j'ai des délais extrêmement serrés : plus qu'une semaine avant l'arrivée de ses clientes. Un moment, quel jour sommes-nous déjà ? Je suis tellement déstabilisée par les fuseaux horaires. Les clientes arrivent samedi soir prochain, et nous sommes à six heures de la côte est… Lundi après-midi, heure locale. Génial, donc il ne me reste que *six* jours.

Respire !

D'abord, il me faut plus de tableaux. Je m'empare de la brochure avec les informations sur les artistes qui ont réalisé les peintures accrochées aux murs. Je dois contacter ces gens. Je rejoins ma chambre à l'étage supérieur et j'appelle ma servante, Maya, dans ses quartiers. Nous nous sommes déjà rencontrées. Elle est du même âge que moi et nous nous entendons bien. J'ai décrété qu'elle serait mon alliée pour me trouver tout ce dont j'ai besoin. Après tout, elle parle sûrement français. La plupart des habitants de l'île sont bilingues, même si l'anglais est la langue officielle. Ne serait-ce pas formidable ?

Maya arrive en un temps record et elle frappe à la porte ouverte. Ses cheveux bruns sont remontés en chignon impeccable et elle porte l'uniforme du personnel, une chemise blanche et un pantalon noir.

— Entre, Maya. Merci d'être venue aussi rapidement.

Elle dodeline de la tête.

— Que puis-je pour vous, madame ?

— À tout hasard, parleriez-vous français ?

— Non, madame.

— Connaissez-vous quelqu'un qui parle cette langue ?

— Les hommes qui travaillent aux écuries et le chef cuisinier.

Je réfléchis un moment. Si je fais appel à eux, je risque de les détourner d'un travail important pour le palais et je suppose qu'ils ne me seraient d'aucune utilité pour les questions de décoration.

— D'accord, pas de problème.

Je prends la brochure sur les artistes et je la lui tends.

— Où pourrais-je trouver ces personnes ? J'aimerais acheter plus d'œuvres locales.

Elle passe les noms en revue et lève vers moi des yeux emplis de regret, les lèvres pincées.

— Madame, la plupart des artistes sur ce document sont aussi des pêcheurs. Ils sont déjà en mer. Vous en trouverez peut-être quelques-uns sur le marché du samedi.

— C'est trop tard. Les clientes d'Anna arrivent dimanche.

Aussitôt, son visage s'illumine.

— Figurez-vous que je connais une femme qui fait des fresques, elle sera peut-être disponible. Elle a peint des scènes de contes de fées sur les murs de l'école maternelle.

— Oh, super ! Je pourrais lui faire réaliser une peinture au plafond dans le salon principal, avec une scène fantastique dans le monde de la mer, des sirènes et des nymphes aquatiques. Quant aux salles de bain, un faux ciel étoilé au-dessus du bain à remous serait idéal. Connaissez-vous quelqu'un qui peint des toiles et qui serait disponible tout de suite ? Je pourrais l'engager pour ce projet de ciel étoilé.

Elle examine la brochure pendant un moment.

— Nous pourrions essayer Jeanne. Elle peint sur toutes sortes de surfaces.

— Génial !

Les engrenages de mon cerveau tournent à plein régime. S'il le faut, je pourrais tirer un trait sur la peinture de la salle de bain et opter pour un tissu sombre percé de trous devant une source lumineuse afin de donner l'illusion d'un ciel étoilé. Je prends soudain conscience que Maya est en train de me parler.

Je reporte mon attention sur elle.

— Quoi donc ?

— Avez-vous encore besoin de moi, madame ?

— Oui, j'ai un service à vous demander. Pourriez-vous être mon guide personnel sur l'île et m'aider cette semaine avec la décoration d'intérieur de la suite royale ? Vous seriez mon assistante.

Elle porte la main à son cou.

— Je ne connais rien à la décoration, madame. Je suis ici pour servir notre aimable invitée.

— Ce sera votre façon de me servir. S'il vous plaît. Je ne peux pas le faire toute seule et je n'ai que six jours. Je ne veux pas décevoir la reine.

Elle écarquille ses grands yeux marron.

— Oh, non, moi non plus. Je vais vérifier mes disponibilités, mais ce serait un plaisir de vous aider.

J'ouvre grand les bras.

— Merci !

Elle rougit et lisse ses cheveux en arrière.

— Un instant, madame.

Elle se dirige vers le téléphone et une conversation à voix basse s'ensuit. J'entends « Sa Majesté la Reine » à quelques reprises, puis elle se tourne vers moi.

— C'est réglé ! Par où souhaitez-vous commencer ?

— Nous allons rendre visite aux artistes, puis vous et moi, nous allons faire nos emplettes au palais !

Elle se récrie :

— Vous ne pouvez pas faire ça. Rien n'est à vendre ici.

— Nous emprunterons. Restez avec moi, je vous promets que le résultat vous plaira beaucoup.

— Je ne sais pas, madame. Chaque chose est à sa place.

— Y a-t-il un grenier ?

— Oui.

— Fantastique !

La servante secoue la tête avant d'afficher un sourire de circonstance.

— Comme vous voudrez, madame.

Les visites aux artistes se sont bien passées. Ils sont enchantés d'être rémunérés pour leur art. J'ai un budget limité, mais ça en vaut la peine. Clara, l'un des peintres, prépare déjà des esquisses marines fantastiques pour le plafond du salon. Elle arrivera au palais demain et je m'arrangerai pour lui fournir les échafaudages nécessaires. Jeanne a eu l'idée géniale de peindre le ciel étoilé sur un panneau acoustique et elle dispose de tout le matériel nécessaire d'un précédent projet. Ce sera un faux plafond fantastique qui ajoutera un aspect romantique feutré à la salle de bain luxueuse. Parfois, les salles de bain spacieuses résonnent trop.

Maya et moi avons exploré le grenier poussiéreux pendant des heures. Il est immense ! Il court sur toute la longueur de l'aile est, sans compter l'autre grenier au dernier étage de l'aile ouest. Ainsi, j'ai découvert une horloge de table, des chandeliers en laiton un peu ternes que nous ferons briller en un rien de temps et un téléphone blanc vintage des années 1920 avec cadran rotatif. Qu'importe s'il fonctionne ou non ! Il est splendide. J'ai également déniché une tablette de cheminée à la peinture écaillée complètement démente. Le dessus est en forme de couronne avec un écusson abîmé au centre. L'écusson royal, un lion coiffé d'une couronne au-dessus d'une vague et d'un poisson, ne manque pas d'allure. Je ferai retoucher la peinture.

Je redescends avec Maya, couverte de poussière. Nous sommes sales, mais l'exploration en valait la peine. J'ai l'horloge dans une main et le téléphone dans l'autre. Les bras de Maya sont chargés de chandeliers. Nous aurons besoin d'aide pour la tablette. Elle est trop lourde et encombrante pour nous. Maya ouvre une porte dans le couloir, et aussitôt, elle fait une profonde révérence.

— Votre Altesse.

C'est le beau gosse royal en personne. Sa chemise d'un blanc immaculé est ouverte au col, exposant son torse bronzé. Un pantalon gris foncé et des chaussures en cuir noir complètent sa tenue digne du magazine *GQ*.

— Maya ! s'exclame-t-il. J'ai bien failli ne pas vous reconnaître. Vous avez ramoné la cheminée ? Je crois pourtant que ça ne figure pas sur votre fiche de poste.

Même son accent est sexy, dans un anglais parfait avec de légères inflexions françaises. Il sourit et ses yeux aigue-marine pétillent avec humour. Cet homme est à couper le souffle. J'aimerais tant être immunisée contre son charme.

Maya rougit.

— Non, monsieur. J'étais dans le grenier.

Phillip jette un œil vers moi avant de revenir sur Maya.

— C'est un cauchemar là-haut. La prochaine fois, dites-moi ce dont vous avez besoin et j'enverrai quelqu'un le chercher. Attendez.

Il s'approche d'elle et, avec précaution, il retire une longue toile d'araignée de ses cheveux avant de se frotter les doigts pour s'en débarrasser.

Maya semble épouvantée qu'une chose aussi horrible se soit nichée dans ses cheveux.

— C'était quoi ?

— Une toile d'araignée.

Elle se fige, pétrifiée.

— Des araignées ?

Phillip inspecte ses cheveux.

— Laissez-moi regarder.

Il en fait des tonnes en tournant autour d'elle.

— Ah, la voilà. Ne bougez surtout pas.

Maya pousse un petit cri et Phillip éclate de rire.

— Je plaisante !

— Oh, vous alors, répond Maya en riant de bonne grâce.

Il se tourne alors vers moi, encore tout sourire, et mon estomac se noue.

— Bonjour.

— Bonjour, dis-je timidement.

Quand il ne monte pas sur ses grands chevaux, il est follement séduisant. Il reporte son attention sur Maya.

— C'est une nouvelle femme de chambre ou j'ai raté quelque chose ?

S'il ne me reconnaît pas, je dois être plus sale que je le pensais. Cela dit, j'ai troqué ma tenue contre un vieux survêtement miteux, j'ai ma casquette de l'équipe des Rays sur la tête et des lunettes au lieu de mes lentilles de contact. Je savais que ce serait salissant et je tenais à me couvrir du mieux possible.

Maya secoue la tête.

— Monsieur, c'est votre aimable invitée, l'amie de la reine, Mademoiselle Ruby Evans. Elle est décoratrice d'intérieur et elle a pour mission d'ajouter un peu de magie dans la suite royale des clients.

Elle ajoute en se tournant vers moi :

— C'est exact ? De la magie ?

— Oui, dis-je en souriant. C'est exact. C'est la description précise de ma mission d'après la reine Anna.

Phillip plisse les yeux en me toisant du regard.

— Nous nous sommes déjà rencontrés, commente-t-il, les sourcils froncés. Vous êtes différente.

— Je peux vous rafraîchir la mémoire.

Sur ce, je laisse pendre ma langue en feignant de haleter.

— Ça vous revient ? Celle qui bave devant vous et cherche désespérément à décrocher un rencard dont vous ne voulez à aucun prix ?

Maya étouffe un cri et le cou de Phillip devient cramoisi.

— Oui, enfin je veux dire non. Bonne journée.

Il se retourne pour s'en aller. Je réprime un rire victorieux.

— Nous aurions besoin d'un coup de main pour descendre du grenier une tablette de cheminée.

Il s'immobilise, puis il se tourne à nouveau vers moi. C'est tout à son honneur, étant donné qu'il est toujours rouge d'embarras.

J'incline la tête en direction du grenier.

— C'est contre le mur tout de suite en entrant. J'ai laissé un Post-it rose dessus. La tablette est blanche, en forme de couronne, avec l'emblème royal. Pourriez-vous demander à quelqu'un de nous l'apporter dans la suite de luxe ?

Je suis étonnée de le voir franchir lui-même la porte et s'engager dans l'escalier. Quel prince ! Ha, ha.

Puis je me rends compte qu'il va abîmer sa chemise blanche hors de prix avec la tablette de cheminée poussiéreuse. Je dépose l'horloge et le téléphone sur le sol et je franchis en trombe la porte ouverte du grenier.

— Phillip, attendez ! Vous allez salir votre chemise blanche. Je vois bien que c'est un vêtement sur mesure, vous devriez vous changer ou demander à quelqu'un de vous aider à porter la tablette.

— Aucun problème, dit-il en déboutonnant sa chemise. Attendez-moi ici.

Je prends une vive inspiration. Je m'attendais à ce qu'il se change, pas qu'il se déshabille. Mais est-ce que je m'interromps devant ce spectacle qui m'en dévoile de plus en plus ? Euh, non. Il doit avoir un coach personnel. Aussi loin que mes yeux puissent l'admirer, il est tout en muscles ciselés, le teint hâlé, de ses pectoraux bien définis jusqu'à ses tablettes de chocolat dont je compte bien huit morceaux et son V accentué au niveau de la taille. Ma bouche se dessèche tandis qu'il redescend vers moi, ses yeux d'un bleu vert rivés aux miens. Lorsqu'il n'est plus qu'à deux marches de distance, mon corps tout entier vibre de désir, mon pouls cogne dans mes veines et je suis rouge des pieds à la tête. Il dégage une odeur enivrante de savon frais, d'iode et de virilité. Non, d'arrogance virile. *Reste forte.*

Il s'empresse de détacher ses boutons de manchette, puis il me tend sa chemise, la déposant entre mes mains.

— Merci pour votre sollicitude, Ruby.

— Oui, dis-je d'une voix éraillée. De rien. Quand vous voulez.

Il arque un sourcil et un sourire taquin danse sur son visage. Sa lèvre inférieure est plus rebondie que l'autre et je suis fascinée.

Il tourne les talons et gravit les marches. Oh, mon Dieu, l'arrière est tout aussi incroyable : des épaules rondes puissantes, un dos musclé et des fesses fermes. Je me dis qu'il n'y a aucun mal à se rincer l'œil, tout prince arrogant qu'il soit, tant qu'il l'ignore.

Au même instant, il jette un œil par-dessus son épaule. Grillée !

Mes joues s'embrasent et je me rue vers la porte du grenier, sa chemise à la main.

— Madame ? s'inquiète Maya. Est-ce la chemise de Son Altesse ?

Je me racle la gorge, les joues encore brûlantes. Honte ? Désir ? Peut-être un peu des deux.

— Oui.

— Nous devrions lui faire apporter une autre chemise.

Je baisse les yeux sur l'horloge et le téléphone que je dois transporter ainsi que sa chemise blanche que j'essaie de protéger.

— Il sait où nous trouver. Je vais…

Que vais-je faire, au juste ? Nous sommes toutes les deux trop sales pour porter la chemise ou la revêtir. Je jette un regard circulaire dans le couloir et je repère un buste en bronze tout au bout, perché sur un socle en marbre.

— Je vais la suspendre à ce buste et nous pourrons continuer.

— Mais, madame, c'est le buste d'un ancien roi. L'un de ses vénérables ancêtres.

— Raison de plus, ça lui ira à merveille.

Je me dirige d'un pas vif vers la sculpture et j'y dépose la chemise toujours impeccable. Problème résolu.

3

Phillip

Cette tablette de cheminée a connu des jours meilleurs, raison pour laquelle elle s'est retrouvée remisée au grenier. J'admets qu'en temps normal, je ne jouerais pas les déménageurs, mais j'ai été déstabilisé par Ruby, méconnaissable. Elle avait attaché ses cheveux et enfilé une casquette des Rays toute poussiéreuse, des lunettes tachées à monture à écailles de tortue dissimulaient le vert de ses yeux, et son corps disparaissait dans un survêtement gris trop ample. Elle m'a pris au dépourvu et je me suis remémoré notre rencontre. J'avoue que j'ai retiré ma chemise uniquement pour lui donner de quoi fantasmer un peu.

Je sais, je sais, je n'aurais pas dû, d'autant plus qu'Anna a bien précisé que Ruby était intouchable, mais je ne compte rien faire de plus. Ce ne devrait pas être très difficile de garder mes distances. Ruby n'est ici que depuis une semaine et je pars très bientôt. D'abord pour une tournée avec Global Soleil & Eau, un organisme à but non lucratif avec lequel je travaille depuis plusieurs années, puis mon voyage continuera en tant que nouvel ambassadeur des Nations Unies pour le programme Eau Potable. Je me suis porté volontaire pour ce poste aux Nations Unies, fort de mon expérience avec Global Soleil & Eau consistant à développer la technologie des pompes à eau solaires auprès des communautés défavorisées. Malgré ma réputation émaillée de scandales, l'ONU m'a accepté. De toute façon, en bien ou en mal, tout ce que je fais attire la presse, ce qui aura pour avantage de mettre la pression sur les gouvernements étrangers en faveur d'une eau potable pour tous. Cela fait un an que j'occupe cette fonction pour les Nations Unies, mais ils espèrent que je continuerai encore longtemps.

Eh oui, mesdames, je ne suis pas qu'une belle gueule. J'ai envie de contribuer aux efforts internationaux pour l'eau propre, et du même coup améliorer mon image publique pour le bien de toute ma famille. J'ai juré à ma mère, dans les premiers jours de son deuil, de limiter les scandales et de cesser d'écorner la réputation familiale durant cette phase critique de transition qu'a connue la monarchie de Villroy après le décès de mon père. Ma mère souffre d'un chagrin si intense qu'elle a pris ses distances avec la vie du palais. Elle ne sort qu'en cas d'absolue nécessité, mais elle garde un œil sur tout. Je ne dis pas que j'ai fait vœu de chasteté, seulement j'essaierai d'être plus discret.

En approchant de la suite principale, j'entends la conversation de Ruby et de Maya jusque dans le couloir.

— Le prince Phillip est très agréable en temps normal, dit Maya.

Eh bien, merci, Maya. Elle n'a que trois ans de moins que moi. Nous avons presque grandi ensemble, car sa mère travaillait aussi au palais.

— Agréable à regarder peut-être, rétorque Ruby.

Peut-être ?

— Mais je vous assure qu'il s'est montré d'une grossièreté incroyable avec moi.

J'accélère le pas. Je dois défendre mon honneur et rectifier le tir. Et puis, je ne veux pas que Ruby rapporte à Maya tous les détails de notre rencontre, de peur que son récit se répande comme une traînée de poudre parmi le personnel.

La voix de Ruby monte dans les aigus.

— Enfin, c'est vrai, je ne lui ai rien demandé et il s'est

comporté comme si je m'étais jetée sur lui. Ai-je l'air désespérée à ce point ?

— Non, madame, répond poliment Maya.

Malgré cela, je perçois un sourire dans son intonation. Elle a le sens de l'humour, même si elle reste professionnelle en toutes circonstances.

J'entre dans le salon de la suite principale et dépose la tablette contre la cheminée. Les deux femmes sont dans la chambre.

Maya poursuit :

— C'est peut-être à cause de ce qu'a organisé la reine Anna…

— Je crains que nous soyons partis du mauvais pied, dis-je soudain en surgissant devant elles.

Si Ruby ignore l'existence de la vente aux enchères, j'aimerais mieux qu'elle ne l'apprenne pas. Inutile de lui donner plus de munitions contre moi après notre échange gênant. J'espère qu'elle sera partie avant le début de l'événement. De toute façon, je n'y participerai pas. Je crois qu'elle serait déçue. Non qu'elle ait l'intention de miser sur moi, puisqu'elle ne compte pas parmi les clientes fortunées de ma belle-sœur, mais elle serait déçue que je lâche son amie, la reine, à la dernière minute.

Elles se figent toutes les deux, les yeux braqués sur mon torse nu. J'ai l'habitude de cette réaction. Tant mieux, ça veut dire que mes séances de sport sont efficaces.

Je tends la main à Ruby.

— J'aimerais récupérer ma chemise.

— Elle est là-bas, dit-elle en désignant la porte. Dehors.

Maya baisse les yeux sur mes chaussures en précisant :

— Elle se trouve sur le buste du roi Carl Premier, dans le couloir où nous étions, Votre Altesse.

C'est mon arrière-arrière-arrière-arrière-grand-père, qui a rétabli la famille Rourke sur le trône il y a deux siècles après avoir repris Villroy aux Britanniques, qui l'avaient eux-mêmes arraché aux Français, qui s'étaient accaparé l'île des mains de la tribu viking irlandaise dont nous sommes les descendants. En un mot, c'est une légende. Et voilà qu'il porte ma chemise. Quel sacrilège, utiliser mon vénérable ancêtre comme panier à linge.

Je me frotte la tempe.

— Maya…

— Je vais vous la faire apporter, dit-elle en se ruant vers le téléphone, manifestement pour appeler les quartiers du personnel.

Ruby se mord la lèvre.

— J'essayais seulement de garder votre chemise intacte.

Je penche la tête en direction du salon. Maya nous tourne le dos, mais j'aimerais plus d'intimité.

Alors, elle désigne l'autre pièce.

— Voulez-vous que je…

— Oui.

Je me dirige vers le salon et je prends place sur le sofa bleu confortable devant la cheminée. Ruby me suit, la mine soucieuse. Nous sommes clairement partis du mauvais pied, tous les deux. Je tapote le coussin à côté de moi.

— Je vous en prie, asseyez-vous.

Elle secoue la tête.

— Je suis bien trop sale pour ce sofa et, contrairement à un certain exhibitionniste que je viens de rencontrer, je refuse de me déshabiller.

Je souris.

— J'avoue que j'essayais de vous faire une meilleure impression. La première fois, j'étais préoccupé par quelque chose et je me suis défoulé sur vous. Vous devez me trouver terriblement grossier. Pouvons-nous recommencer à zéro ?

Je lui tends la main.

— Bonjour, je m'appelle Phillip. Bienvenue à Villroy.

Elle sourit un peu et franchit la distance qui nous sépare pour venir se camper devant moi.

— Bonjour, Phillip. Je m'appelle Ruby et je suis ravie d'être ici et de remplir cette mission pour ma bonne copine Anna.

Elle pose sa petite main dans la mienne et je la serre. Mes terminaisons nerveuses s'enflamment à ce contact et j'en suis étonné.

Pendant un moment, nos regards se rencontrent. Je ressens une attirance, une alchimie. Elle crépite entre nous comme une décharge électrique. Après lui avoir serré la main, je laisse retomber mon bras.

Elle recule d'un pas.

— Alors, dit-elle en même temps que je prononce :

— Ruby.

— Commencez.

Nous avons répondu en même temps et nous rions, un peu gênés. Elle lève une main.

— Le prince l'emporte sur la roturière. Je vous en prie, qu'alliez-vous dire ?

— Je ne raisonne pas comme ça. Je sais que les circonstances de ma naissance sont une question de chance. Certains naissent dans des familles royales, d'autres dans la pauvreté. Je suis chanceux, voilà tout.

Elle agite un doigt vers moi.

— Vous n'êtes pas aussi arrogant que je le pensais, tout compte fait.

Je porte une main à mon cœur avant de répondre :

— Vous me blessez.

Puis je me penche vers elle en ajoutant :

— Cela dit, je l'ai mérité, je crois.

— Ne vous inquiétez pas, répond-elle en agitant la main. Je ne cherche pas de relation ni de rencard. D'ailleurs, vous n'êtes pas du tout mon genre. Je crois que je vais essayer la douceur. Au moins, les femmes, je les comprends.

Je reste sans voix, mais elle éclate de rire.

— Je plaisante, même s'il n'y a pas de mal à ça. Après tout, il en faut pour tous les goûts.

— Oh. Ha, ha. Oui.

Elle secoue la tête, tout sourire.

— Soyons amis, déclare-t-elle. C'est bien ce que vous vouliez me faire comprendre ?

Je la dévisage. On dirait un gamin des rues. Elle a encore des taches de crasse sur le nez et sur les joues. Sa silhouette menue est engloutie par son survêtement gris trop large. Il ne devrait pas y avoir un soupçon de tentation dans cette image, et pourtant je sais que nous ne pourrons pas être amis. Je ressens cette alchimie. Je dois absolument garder mes distances.

— Je suis content que nous ayons réglé ce petit malentendu, dis-je sur un ton solennel. J'ai promis à Anna que je me rachèterais.

Son visage se ferme et elle baisse les yeux.

— Ah. Oui, bien sûr.

Elle lève le menton et je me rends compte que son expression chaleureuse a disparu.

— Tout est réglé, dit-elle.

J'ignore la douleur sourde dans ma poitrine.

— Très bien.

Albert, l'un de nos plus anciens domestiques, vieil homme aux cheveux blancs clairsemés, entre au même moment dans la pièce.

— Votre Altesse, je vous apporte votre chemise.

Je me lève et récupère le vêtement qu'il me tend d'une main noueuse.

— Merci, Albert.

Je l'enfile et la boutonne prestement.

Il incline la tête et prend congé.

Sans ajouter un mot, Ruby retourne dans la chambre.

La voix de Maya se fait entendre, sonore et cristalline :

— Je vous avais dit qu'il était agréable, madame.

Elle devait nous épier, comme tout le personnel.

— Assez parlé de lui, rétorque Ruby. Mettons-nous au travail.

De mon côté, je quitte la suite, les membres lourds. J'ai fait mon devoir. Il n'y a pas de place pour les regrets.

Ruby

Le lendemain, je mets au travail les artistes, Clara et Jeanne. Puis Maya et moi nous apprêtons à prendre le prochain ferry en direction de Nantes, en France, pour une expédition shopping. Je ne sais pas exactement ce que je recherche, je le saurai en le voyant. J'aimerais compléter le décor existant, apporter une touche d'éclat ou renforcer la majesté des lieux. Nous verrons.

— Le prince Phillip pourrait nous aider, madame, dit Maya alors que nous descendons les marches. Il a été utile hier avec la tablette. Si nous trouvons un objet volumineux, nous aurons besoin d'aide pour le transport.

Pfff, encore Phillip. Il m'a envoyée sur les roses hier. Apparemment, je ne suis pas digne de son amitié. Je peux ajouter le dédain à sa liste de défauts, que j'ai passée en revue la nuit dernière en revenant par la pensée sur notre échange alors qu'il était torse nu. Il a beau être sexy comme un dieu, ça ne change rien au fait que c'est un prince play-boy prétentieux, arrogant et dédaigneux. J'ai retiré la grossièreté de la liste, car il m'a présenté ses excuses. Cependant… ajoutons-en quelques-uns pour faire bonne mesure. Il est trop solennel, insolent et superficiel. Ah, et aussi, il sait qu'il est beau. À sa façon de se déshabiller devant moi, j'ai bien vu qu'il misait tout sur son physique. Clairement pas mon genre. C'est décidé, je me désabonne du beau gosse royal.

Je jette un œil vers Maya.

— Suivant cette logique, nous pourrions prendre n'importe quel homme aux épaules solides. Laissez tomber. Les hommes ont horreur du shopping.

— Je suis désolée, madame. Je n'avais pas l'intention d'outrepasser mes prérogatives.

— Que voulez-vous dire ?

Elle garde le silence et je suis son regard pour découvrir Phillip, qui nous attend au pied de l'escalier. Mon souffle s'accélère et mon cœur redouble d'ardeur. Je m'efforce de me calmer, de rester détendue. Ses cheveux bruns sont légèrement en bataille, comme s'il venait d'y passer les doigts, et je devine un début de barbe sur son menton. Il porte une chemise grise aux manches retroussées jusqu'aux coudes, révélant des avant-bras musclés, ainsi qu'un pantalon noir, une épaisse ceinture en cuir et des mocassins. Son look est décontracté. On dirait presque un homme lambda que je pourrais croiser dans la vie réelle, loin de cette réalité alternative dans laquelle j'ai pénétré le temps de ce bref séjour au palais. Deux hommes à l'air patibulaire se tiennent derrière lui, intégralement vêtus de noir – blazer, t-shirt et pantalon. Ses gardes du corps. Je le comprends aux oreillettes qu'ils portent et à leur apparence aussi aimable qu'une porte de prison.

— Bonjour, Maya et Ruby, dit Phillip d'une voix chaleureuse.

Comme s'il ne m'avait pas rejetée avec dédain la veille.

Maya penche la tête dans une révérence.

— Bonjour, Votre Altesse.

— Bonjour, Phillip.

Je ne peux me résoudre à dire Votre Altesse. Cela me donnerait l'impression qu'il est au-dessus de moi, ce qui n'est pas le cas.

— Je suis étonnée que vous veniez faire du shopping avec nous.

— Du shopping ?

Il se tourne vers Maya en feignant la surprise.

— Vous m'avez dit que c'était pour recevoir un prix.

Maya rougit en secouant la tête. Je la soupçonne de craquer pour lui. Cela dit, je sais bien qu'un prince ne sortirait pas avec une domestique. Ça n'arrive que dans les films.

— Non ? fait-il avec humour. Je ne reçois pas le prix du meilleur chanteur de karaoké ?

Cette fois, Maya éclate de rire.

— Ou alors, le meilleur danseur en état d'ébriété de toute l'histoire de l'île ?

Il m'adresse un clin d'œil et je secoue la tête en réprimant un sourire. Il taquine Maya et elle adore cette attention.

— Vous êtes très bon danseur, monsieur, dit-elle en gloussant.

Il penche la tête.

— Merci. C'est rassurant de savoir que je peux toujours me reposer sur ce talent. Aujourd'hui, je serai votre déménageur, assistant ou interprète, selon vos besoins.

Rayonnante, Maya se tourne vers moi.

— Il parle français.

— Ça pourrait nous être utile, dis-je en restant désinvolte.

Je ne suis pas une domestique rougissante facilement impressionnée par quelques belles paroles.

— Enfin, le reste aussi peut servir. Bon, d'accord, allons-y.

Nous nous dirigeons vers une sortie latérale, où deux Mercedes noires aux vitres teintées nous attendent devant le palais. Phillip ouvre la portière de la banquette arrière. Je ne sais pas si c'est Maya ou moi qu'il invite à entrer. Où s'installeront les gardes ?

— Montez, madame, dit Maya. Je vais m'asseoir devant.

Je passe près de Phillip, soudain réchauffée par sa proximité, et je murmure : « merci » avant de m'asseoir.

Il me rejoint un instant plus tard sur la banquette.

— La sécurité nous suit dans l'autre véhicule. Il n'y a pas grand-chose à craindre ici sur l'île, mais c'est toujours utile en public.

Il y a de la place entre nous. Pourtant, son parfum de propre m'enveloppe et j'ai envie de me pencher rien que pour le humer de plus près. *Bravo, Ruby, tu deviens cette femme désespérée qui bave devant lui comme il le croyait au début.* Pas étonnant que ce soit un homme à femmes. Ses phéromones sont redoutables.

La voiture roule tout en douceur sur la route sinueuse du palais. J'admire le spectacle somptueux de la mer vert-bleu scintillante et du ciel d'un bleu vif où flottent des nuages blancs pelucheux. C'est la fin du mois de septembre et la température est agréable, au-dessus de vingt degrés. Pourquoi Phillip s'est-il porté volontaire aujourd'hui ? Est-ce une faveur pour Anna ? Souhaite-t-il sincèrement aider à préparer la suite royale ? Ou a-t-il changé d'avis et décidé de passer du temps avec moi en tant qu'ami ? Je ne pense pas que les princes aient pour habitude d'aller faire les magasins pour aider leurs femmes de chambre.

Je jette un œil discret au profil du prince Phillip. Son expression est neutre. Mon regard suit la ligne de sa mâchoire carrée, de sa lèvre inférieure rebondie, les muscles de son cou et son épaule large, avant de remonter vers…

Zut ! Il m'a fait un clin d'œil.

Je fixe le siège devant moi, m'efforçant de retenir la chaleur qui menace d'envahir mon visage. Je suis grillée pour de bon. Ah, là, là. Je suis une affreuse hypocrite, à lui reprocher d'être superficiel tout en le reluquant. Allez, revenons aux choses sérieuses. Logistique, listes, délais serrés. Peine perdue. Mon esprit est brouillé. Je redoute le court-circuit.

Enfin, je retrouve mon sang-froid et je me permets de le regarder à nouveau. Il me lance un petit sourire et je lui souris en retour. Je suis génétiquement incapable de ne pas rendre les sourires des gens. C'est plus fort que moi. Je suis souriante. Avant de me brûler les ailes avec Satan, à savoir mon ex, on me félicitait pour mon énergie positive. On me comparait à un joyeux petit lutin, avec mon petit gabarit et mon dynamisme communicatif.

Je tente une intonation raisonnablement amicale avec Phillip, en accord avec notre programme de la journée :

— Serez-vous assailli par les paparazzis ?

Voilà qui risquerait de nuire à notre projet de shopping.

— J'espère que non.

— Parlez-moi français.

— Pourquoi ?

— Parce que j'ai envie de savoir si vous êtes parfaitement bilingue.

Un sourire danse sur ses lèvres.

— Et comment le sauriez-vous ? Maya dit que vous ne parlez pas cette langue.

— Non, mais j'ai l'oreille.

— Ah, vraiment ? Et quelles langues parlez-vous ?

— Euh, l'anglais. Mais j'en reconnais beaucoup.

— Comme c'est pratique.

Son ton goguenard me fait rire. Il lève un doigt.

— *Je ne peux pas manger de produits laitiers.*

Sur le siège avant, Maya pouffe.

— Qu'est-ce qui vous fait rire ? demandé-je en me penchant vers elle. On aurait vraiment dit du français.

— C'est vraiment du français, madame, répond-elle. C'est la seule phrase que je connais. Phillip me l'a apprise.

Ce dernier fait mine d'être outré.

— Vous croyez que je parle un faux français ?

Je m'adosse dans mon siège.

— Je n'en sais rien. Certaines personnes ont tendance à exagérer leurs compétences.

Il ronchonne et, à son tour, se penche vers le siège avant.

— Maya, ai-je déjà cherché à exagérer mes compétences ?

Elle lui répond avec un sourire radieux.

— Non, monsieur. Vous êtes doué dans tous les domaines.

Je m'incline vers elle.

— Il va prendre la grosse tête si vous lui dites ce genre de choses.

Le prince se tourne vers moi en souriant. Nous sommes plus proches que je m'y attendais et je retiens mon souffle. L'air semble bourdonner entre nous.

— Si vous le dites, fait-il d'une voix rauque.

Je m'humecte les lèvres, étonnée par mon propre désir de franchir cette distance qui nous sépare encore. Ma libido est restée en sommeil pendant deux mois pour de bonnes raisons, et maintenant elle vibre pour cet homme. Ma libido est une idiote.

Je me rencogne dans mon siège.

— Alors, qu'avez-vous dit dans un français aussi parfait ? Qu'est-ce que ça signifie ?

Son regard pétille, amusé.

— Je ne peux pas manger de produits laitiers.

J'éclate de rire.

— Vraiment ?

— Oui, vraiment. Enfin, moi, je peux en manger. Je l'ai dit pour Maya. Elle est intolérante au lactose.

— Malheureusement, c'est vrai, dit Maya.

Phillip la désigne en souriant. Par réflexe, mes lèvres frémissent, mais je me rappelle sévèrement qu'il s'agit d'un voyage d'affaires. C'est ma première mission d'envergure dans mon aventure de décoratrice d'intérieur à mon compte depuis que j'ai perdu mon travail au *Royaume de la Petite Souris* à Orlando, il y a deux mois. J'aimerais dire que j'ai démissionné, mais la vérité, c'est qu'ils m'ont renvoyée parce que je n'étais plus aussi performante et qu'ils avaient une liste d'attente de candidats motivés. J'ai perdu tout mon charisme, purement et simplement. Aucune énergie, aucune créativité, plus rien. C'est ce qui arrive quand on découvre que l'homme avec lequel on vit depuis un an et dont on est follement amoureuse est en réalité marié, et que sa femme attend des triplés.

Ensuite, c'est l'engrenage négatif.

Nous nous sommes rencontrés dans un club et il m'a si bien traitée que je suis tombée amoureuse. Il m'a inondée d'affection, m'a couverte de petits cadeaux tels que mes truffes au chocolat préférées ou des bouquets de fleurs sans aucune raison spéciale, sans compter qu'au lit, c'était explosif. Et puis, après un an de bonheur sans nuages, il m'a annoncé que je devais déménager parce que nous vivions dans l'appartement de vacances de ses parents et qu'ils venaient lui rendre visite à l'occasion de la naissance imminente de ses triplés. Il s'attendait à ce que je me réjouisse pour lui.

En réaction, je suis allée me terrer dans mon ancienne chambre chez mes parents, avec mon vieil édredon rose et blanc à rayures, et je me suis gavée de glace à la truffe au chocolat tout en regardant des émissions de décoration que je critiquais pour leur manque de réalisme. Au bout d'un moment, je me suis extirpée de mon lit taché de crème glacée, j'ai mis à jour mon CV et je l'ai envoyé. Sans résultat. Alors, je me suis lancée à mon compte. J'ai décroché quelques missions, de petits ajustements pour la plupart, par exemple l'aménagement d'une véranda dont les bénéfices ne couvrent qu'une demi-semaine de loyer. Pas assez pour me permettre d'avoir un chez-moi, ce qui est pourtant nécessaire maintenant, car devinez qui était enceinte ? Non, pas moi. Ma mère ! C'est son bébé miracle. J'étais sous le choc quand elle me l'a annoncé le mois dernier, parce qu'après moi, elle a connu une série de fausses couches et le médecin lui a conseillé d'arrêter d'essayer pour rester en bonne santé. Elle n'aurait jamais cru tomber enceinte à quarante-trois ans (elle m'a eue à dix-huit ans). Bref, la grossesse de ma mère se passe bien (c'est une petite fille, hourra !), et bientôt mes parents auront besoin de ma chambre pour le bébé. Cela dit, je ne déménagerai pas très loin. C'est la petite sœur que j'ai toujours voulue et j'ai envie de faire partie de sa vie.

Alors, hors de question de me laisser déconcentrer par cet homme. Cette mission est essentielle pour me remettre à flot et je refuse qu'un sourire charmeur, un parfum viril enivrant et une barbe sexy de quelques jours ne se mettent en travers de mes projets.

Je me tourne vers Phillip en mode parfaitement professionnel :

— Avez-vous déjà fait les magasins à Nantes ?

— Bien sûr, c'est tout proche.

— Dites-moi tout.

Phillip est à la hauteur de mes attentes. Il me raconte l'histoire du passage Pommeraye, l'un des premiers centres commerciaux datant de 1843, puis il me parle des antiquaires, des boutiques de vêtements et des bijouteries. Il ne s'y connaît pas en articles d'intérieur, mais ce n'est pas un problème. Nous pourrons toujours nous renseigner en chemin.

Lorsque nous arrivons enfin au port, je suis convaincue que Maya a fait le bon choix en invitant Phillip, même si je pensais de prime abord que nous n'aurions pas besoin de lui. En sortant de la voiture, je repère le ferry qui nous attend déjà de l'autre côté du long quai. Il est rempli de passagers.

Je presse le pas vers l'embarcadère.

— Dépêchez-vous ! Il ne faut pas le rater.

Une grande main chaude se referme autour de mon poignet et m'immobilise. Je lève les yeux vers ceux de Phillip – assortis à l'océan derrière lui – et la chaleur qu'ils expriment me met les nerfs à vif. Je l'ai déjà senti quand il m'a pris la main hier, comme un courant électrique. Il y a entre nous une attirance palpable qui pourrait prendre feu à la moindre étincelle.

Je déglutis, saisie par sa poigne à tous les sens du terme.

— Par ici, me dit-il en m'attirant vers l'autre côté du port.

Maya monte déjà à bord d'un yacht blanc aux lignes pures.

Il me lâche le poignet et je retrouve mes esprits. J'aurais dû me douter qu'un prince ne voyagerait pas à bord d'un ferry public bondé.

— Votre yacht royal ?

— Mon yacht royal.

Sa voix n'est plus qu'un murmure rauque.

— Je vous promets un pilotage fluide.

C'est un sous-entendu et je plisse les yeux en dépit de l'alchimie évidente. Hier, il se comportait comme s'il m'était supérieur, et aujourd'hui il joue de son charme. Pourquoi ? Pour me séduire ? Je n'ai pas besoin d'un homme comme lui, absolument pas, même si je l'admire torse nu. Et les manches retroussées. Tout le temps, en somme… zut alors. Mais qu'est-ce qui m'arrive ? Mes hormones sont hors de contrôle. *Calme-toi, ma vieille.*

— N'est-ce pas adorable ? lance Maya depuis le pont.

— C'est splendide !

Puis je souffle discrètement à Phillip :

— Elle en pince pour vous.

— Je sais. Après vous.

Il pose une main au bas de mon dos et me guide vers la passerelle.

J'ignore la chaleur de sa grande main sur mes reins. Au contraire, je la considère comme un test de courage. Je résisterai vaillamment à la tentation de toutes mes forces mentales et émotionnelles. Et puis, la sensation de sa main est trop agréable pour que je la repousse.

Je lève les yeux vers lui.

— Alors, vous encouragez son coup de cœur même si elle n'a aucune chance ?

Il hausse une épaule.

— Et si elle refusait des hommes parce qu'elle se pense amoureuse de vous ?

Sa main quitte mon dos et il me dévisage.

— Vous pensez qu'elle est amoureuse de moi ?

— Pourquoi pas ? Vous êtes beau, avenant et attentionné envers elle. Sans compter que vous êtes un prince.

Ses lèvres s'étirent, et bientôt, il sourit de toutes ses dents, si blanches en contraste avec sa barbe de quelques jours. Bon Dieu, je devrais être immunisée.

— Quoi ? demandé-je.

— C'est peut-être le plus beau compliment qu'on m'ait jamais fait. Que je suis avenant et attentionné, pas le fait que je suis un prince, évidemment.

Je fronce les sourcils d'un air menaçant. Comme je suis un joyeux petit lutin d'un mètre cinquante-trois, ce n'est jamais aussi dissuasif que je le voudrais.

— Ne lui brisez pas le cœur. Je l'aime bien.

— Moi aussi, Ruby, moi aussi.

Une pointe de jalousie me traverse. Après tout, Maya a peut-être une chance avec lui.

Et cela ne devrait pas me concerner.

4

Phillip

Je suis uniquement ici pour aider Anna. Quand ma belle-sœur reviendra de son voyage de noces et qu'elle se fâchera devant mon refus catégorique de participer à sa vente aux enchères pour célibataires, au moins je déculpabiliserai parce que j'aurai aidé son amie à arranger la suite royale. Je me persuade que c'est largement suffisant. Je me rendrai utile auprès de Ruby et, avec un peu de chance, elle fera savoir à Anna que je l'ai beaucoup aidée.

Pourtant, je sais que ce n'est pas la seule raison de ma présence ici. J'ai envie de passer du temps avec Ruby. Hier, quand j'ai pris mes distances lorsqu'elle m'a ouvertement proposé son amitié, j'ai senti que je passais à côté de quelque chose. Elle est belle et sa joie de vivre est communicative. Elle dégage un enthousiasme pétillant, une énergie que je trouve irrésistible. Je ne peux nier cette attirance et je sais que c'est réciproque. Il semblerait qu'un lien vibrant et bien réel nous unisse. Serait-ce si terrible si j'essayais de l'explorer ?

Oui ! Ce serait terrible. Anna t'a déjà mis en garde.

Je sors mon téléphone. Le voilà, le message d'Anna m'interdisant de m'intéresser à son amie. *On a besoin d'elle et je ne peux pas me permettre que tu fiches tout en l'air comme tu le fais avec toutes les femmes.*

Et cette petite pépite : *Je t'aime bien, mais garde-la dans ton pantalon.*

Je réfléchis à cet échange pendant un moment. En même temps, elle ne dit pas que je ne peux pas être *ami* avec Ruby. Je resterai sur ce terrain vertueux jusqu'à mourir de désir insatisfait. Ou jusqu'à ce que Ruby retourne aux États-Unis la semaine prochaine. C'est une autre bonne raison de *la* garder dans mon pantalon. Elle s'en va ; je m'en vais. Elle ne cherche pas d'histoires d'un soir d'après Anna, ce qui signifie qu'elle regretterait toute aventure avec moi.

Je ne suis pas réputé pour ma fidélité sans faille. Pas depuis mon ex, Lana. Notre relation de cinq ans s'est terminée par une rupture très publique dont la presse et les torchons à scandale ont fait leurs choux gras. J'avoue que je me suis un peu trop lâché aux quatre coins de l'Europe après ça. Aucune de ces femmes n'était la bonne. Je ne pouvais pas sauter le pas en sortant officiellement avec l'une d'elles, sans parler d'un véritable engagement. Puis j'ai rencontré Hailey, l'organisatrice du mariage de ma sœur Silvia aux États-Unis. Je me suis délibérément saboté en jetant mon dévolu sur elle alors qu'elle était manifestement amoureuse d'un autre homme.

J'expire vivement. J'ai abandonné l'idée de trouver la femme idéale. Je finirai peut-être par accepter un mariage arrangé qui bénéficiera au royaume. C'est une option qui nous est toujours offerte, à mes frères, mes sœurs et moi, mais seuls Gabriel et Emma ont accepté. Gabriel a changé d'avis quand il a rencontré Anna. Emma est toujours fiancée et elle semble heureuse de cet arrangement.

Je baisse les yeux depuis le poste du capitaine, en surplomb du yacht, où je me trouve avec le reste de l'équipage. Au bastingage, Ruby et Maya admirent Villroy qui diminue dans le lointain. Le contraste entre les deux femmes est saisissant : la blonde Ruby avec sa chevelure indomptable dans la brise marine et la brune Maya au chignon irréprochable. Maya porte son uniforme, un pantalon noir et un chemisier blanc, et Ruby une robe florale vibrante de couleurs, tout en nuances de rouge, rose et jaune. Maya est un modèle de bienséance, quoique dotée d'un bon sens de l'humour, tandis que Ruby est plus détendue, plus ouverte.

Je contemple cette île qui est la mienne. Pour l'essentiel, la modernité ne l'a pas frappée de plein fouet, même si nous avons des téléphones portables et internet. La côte est bordée de falaises abruptes. Port Axel est la base commerciale principale pour les pêcheurs, dont les prises se composent de thon, de bar, de lotte et de crustacés. Le vieux phare se dresse avec sa cime rouge, les bateaux blancs des locaux sont à l'ancre près du port, et plus loin on devine les hangars blancs aux toits rouges de l'industrie de la pêche. La route du palais est bordée de maisonnettes blanches aux finitions bleues, et au-delà, ce sont les dunes et les zones humides. Villroy fait partie de moi, et j'ai beau voyager à l'autre bout du monde, je rentre toujours à la maison. J'ai la chance de vivre au palais d'Amalie, perché sur un promontoire au centre de l'île.

Je rejoins les femmes sur le pont, à côté de Ruby.

— Salut. Vous appréciez la vue ?

Elle ramène ses longs cheveux blond cendré derrière ses oreilles avant de se tourner vers moi.

— Absolument. Le palais semble tout droit sorti d'un conte de fées, c'est encore plus flagrant avec la distance.

Je souris. J'ai souvent entendu ça, mais à mes yeux, ce n'est que ma maison. Le palais d'Amalie est tout en grès avec des toits de cuivre, quatre étages et jusqu'à cinq dans les deux tours. Deux longues ailes forment une cour de part et d'autre, ouvrant sur des jardins soigneusement entretenus et un chemin qui descend jusqu'à la mer.

— Je trouve que la dernière rénovation est très réussie, avec toutes les flèches, dis-je. Des incendies ont ravagé les premiers palais. Celui-ci date du dix-huitième siècle et il a souvent été rénové.

Elle se tourne à nouveau vers le paysage.

— C'est enchanteur.

— Et dire que mes ancêtres vikings ont commencé avec une simple forteresse circulaire tout en pierre.

Je désigne les ruines à côté du palais.

— C'est donc ça ? demande-t-elle en fronçant le nez, amusé. J'avoue que je préfère le nouveau palais.

Ses cheveux volent devant son visage tandis que le yacht amorce un virage et elle les retient à deux mains.

— N'est-ce pas dangereux, cet entassement de vieilles pierres ? On dirait qu'il risque de s'effondrer à tout moment.

— Ça nous rappelle notre héritage, notre histoire, et ainsi, les habitants de l'île n'oublient pas que la famille régnante descend d'une longue lignée légitime. Ce sont nos ancêtres qui ont établi cette colonie.

— C'est fou.

Elle lâche ses cheveux qui la giflent au visage. Je résiste à peine à l'envie de les lui écarter. Elle les recrache avant de les ramener en arrière sur sa tête.

— J'aurais dû apporter un bandeau ou un chapeau.

— Nous pouvons entrer, dis-je en désignant la cabine derrière nous. Vous profiterez toujours de la vue. Il y a un sofa, une télé, un mini-bar et un réfrigérateur.

Elle regarde par l'une des fenêtres.

— Avec plaisir.

Elle se tourne vers Maya.

— Vous venez avec nous ?

— Merci, répond la domestique en souriant, mais j'ai envie de profiter un peu du soleil, madame. Allez-y.

— D'accord, dit-elle avant de s'adresser à moi : je vous suis.

Je m'exécute tout en me rappelant que c'est en toute innocence. Une heure ensemble dans une cabine fermée. Ce n'est pas comme si je l'emmenais dans la suite du yacht. J'ouvre la porte et elle me précède à l'intérieur.

Aussitôt, elle s'arrête net.

— C'est splendide !

— Merci. Mais je n'ai aucun mérite.

Elle s'avance dans la cabine.

— Tout est si élégant.

Il y a un canapé en cuir blanc, une table basse en bois verni avec placards assortis et un parquet en bois dur. Le plafond est blanc avec des lampes incrustées et des finitions en bois verni assorties aux meubles et au plancher. Derrière le mini-bar se trouve l'espace salle à manger sur une estrade, le tout encadré de baies vitrées.

— Nous le rénovons souvent à cause de l'usure de la mer, dis-je. Je vous en prie, asseyez-vous. Aimeriez-vous boire quelque chose ?

Elle prend place au centre du canapé, en face de la télévision.

— Avec plaisir ! Que proposez-vous ?

Je me dirige vers le mini-bar.

— Tout ce que vous voulez. Il est rempli à bloc.

— C'est trop tôt pour une margarita ? demande-t-elle en haussant les sourcils.

Je souris. Il n'est pas encore midi.

— Ce n'est jamais trop tôt. Mais j'ai bien peur d'être le seul barman. Je peux vous servir du scotch, du whisky, de la bière ou du vin. Je ne suis pas très doué pour les cocktails.

— Waouh, c'est un prince qui me sert ? C'est arrivé souvent dans la longue histoire de votre royaume ?

Je pointe un doigt vers elle.

— Pour la peine, je vais vous servir de l'eau de cale.

Elle tire la langue.

— Ça ne m'inspire pas.

— Vous avez raison. C'est l'eau croupie qui stagne au fond du bateau.

J'ouvre le placard à liqueurs et évalue le contenu. Bien garni comme toujours, avec toutes sortes d'en-cas : bretzels, noix grillées, chips et assortiments de fruits secs.

Elle apparaît à côté de moi.

— Vous ne plaisantiez pas, c'est rempli à bloc. Je regrette d'avoir autant mangé au petit-déjeuner. Vous avez l'art de recevoir dans la famille royale. Avez-vous du thé glacé ?

Je m'approche du réfrigérateur de l'autre côté de la cabine.

— Oui, dis-je en lui tendant la bouteille en verre avant de choisir de l'eau minérale pour moi.

Elle jette un œil vers la salle à manger.

— Oh, installons-nous ici. Il y a une belle vue sur l'avant du bateau.

Je la suis à la table et elle s'assied, orientée vers le paysage marin. Je prends place à sa droite, admirant son profil tandis qu'elle admire la vue. Elle est tellement pleine de vie, les cheveux ébouriffés par le vent et les joues légèrement colorées. Mon esprit s'égare vers une vision de Ruby dans des draps froissés après une bonne… Non ! Zone interdite. Hors de portée. Je m'efforce de contempler la mer de l'autre côté de la vitre.

Le silence s'éternise entre nous.

Soudain, je suis nerveux comme lors d'un premier rendez-vous et ce long silence m'indique que ça se passe plutôt mal. En règle générale, je ne suis pas nerveux avec les femmes, pourquoi le serais-je maintenant ? J'ai les mains moites et la gorge soudain trop sèche. J'ouvre ma bouteille d'eau et bois une longue gorgée, trop conscient du bruit de ma déglutition.

Elle ouvre son thé glacé avec un petit pop lorsque l'opercule se brise et elle boit à son tour.

Dis quelque chose !

— Alors, comment connaissez-vous Anna ? je demande.

Elle sourit et je me détends immédiatement.

— C'était la concierge de notre immeuble à Tampa. Cette femme peut tout réparer ! J'avais emménagé depuis un mois quand mon réfrigérateur m'a lâchée. Non seulement elle l'a réparé, mais elle m'a proposé d'utiliser le sien en attendant. On se connaissait à peine et elle m'a donné les clés de chez elle pour m'éviter le dérangement.

— Ça lui ressemble bien. Généreuse et peu conventionnelle.

— Oui ! Je suis restée à discuter avec elle pendant qu'elle travaillait sur mon réfrigérateur et le courant est passé entre nous. Nous avons fait une petite soirée improvisée chez elle pour fêter la réparation de mon frigo. Elle a fait de la glace pilée avec un maillet en bois et un sac ! Nous nous sommes relayées pour écraser la glace et elle nous a concocté des Mules de Moscou à la vodka.

Elle soupire.

— J'ai déménagé à Orlando pour un boulot, mais nous avons continué à nous voir. Ce n'est pas très loin de Tampa.

Elle va vraiment me manquer maintenant qu'elle habite ici. C'est une super fille, vous savez ?

— Nous avons de la chance de l'avoir. Alors, vous êtes ici pour une semaine, c'est bien ça ? Resterez-vous plus longtemps pour passer du temps avec elle ?

J'aurais dû lui poser cette question plus tôt, mais je suis parti du principe qu'elle s'en irait une fois qu'elle en aurait terminé avec la suite.

— Deux semaines. Elle arrive dimanche et je repars le dimanche d'après.

— Je m'en vais juste après vous, moi aussi, pour une tournée internationale de cinq semaines avec Global Soleil & Eau. C'est un organisme à but non lucratif qui développe les pompes à eau solaires dans les pays défavorisés. Ensuite, je continue à voyager en tant qu'ambassadeur des Nations Unies pour une Eau Potable.

Elle s'interrompt, son thé glacé à mi-chemin de sa bouche.

— Je ne m'y attendais pas. C'est formidable que vous soyez impliqué dans une cause si noble.

Je me crispe. Manifestement, elle me jugeait superficiel.

— Vous croyiez que je passais mes journées à faire du shopping et à rôder dans le palais ?

Elle éclate de rire.

— Alors, expliquez-moi un peu comment fonctionnent les pompes à eau solaires.

Je lui parle des avancées technologiques, qui se résument à une ingénierie astucieuse. C'est difficile d'imaginer la vie sans cette ressource aussi élémentaire à portée de main. Pourtant, de nombreux villages profitent pour la toute première fois d'un approvisionnement en eau constant.

— Grâce à la technologie, ces gens peuvent enfin dépasser le stade de la survie, dis-je en guise de conclusion.

— Et quel rôle jouez-vous ?

— C'est moi qui braque les projecteurs sur cette noble cause. Je me rends dans les villages avec Global Soleil & Eau, mais je rencontre aussi des diplomates, des dirigeants, et je coupe un tas de rubans rouges sous les objectifs de la presse.

Je contribue généreusement à l'organisme sur le plan

financier, aussi, mais je ne le précise pas. Je ne le fais pas pour la reconnaissance, je le fais parce que cette cause me tient à cœur.

Elle secoue la tête.

— Phillip, vous avez une profondeur insoupçonnée.

C'est vexant, mais je réponds sur un ton léger :

— Je ne suis pas qu'un joli visage ?

Elle plaque une main sur sa bouche.

— Je ne voulais pas dire ça, excusez-moi, me dit-elle une fois que sa main retombe. Je me suis fait une idée de qui vous étiez, vous savez, à partir des photos de vous sur la plage, où vous vous pavanez avec telle ou telle top-modèle.

— Je ne me pavane pas, dis-je en fronçant les sourcils. À moins que je comprenne mal le sens de ce mot. Vous me faites une petite démonstration ?

À mon étonnement, elle se lève et descend au centre de la cabine. Je la suis pour mieux voir.

— J'imagine que c'est quelque chose comme ça.

Elle prend l'ourlet de sa robe et virevolte dans la cabine avant de s'arrêter pour faire basculer un partenaire imaginaire sur son bras, la bouche en cul-de-poule.

— Pas du tout.

— Ou comme ça ?

Elle fait mine de courir vers moi au ralenti, les bras tendus comme pour m'enlacer. Elle affiche un grand sourire exagéré, béate de me voir.

J'imite son sourire forcé et je lui ouvre mes bras. Devant cette invitation, elle ne s'arrête pas. Au contraire, elle franchit la distance. Je l'étreins et la fais tournoyer en faisant semblant de m'extasier, moi aussi.

Le problème, c'est qu'avec Ruby dans mes bras, son regard rivé au mien, tout cela me semble soudain très réel.

❧

Ruby

Les battements de mon cœur rugissent dans mes oreilles et tous mes sens sont en alerte, submergés par le plaisir vertigineux de sentir le corps de Phillip contre le mien. Il cesse de tourner sans lâcher ma taille. Mes pieds sont toujours suspendus au-dessus du sol et nous nous regardons dans les yeux. Il est plus grand que moi et j'ai rarement une vue d'aussi près. J'en remarque chaque détail, ses pupilles dilatées, l'anneau bleu foncé autour de ses iris, ses cils épais. Aucun homme ne devrait être aussi beau.

Sa voix est éraillée lorsqu'il me dit en optant pour un tutoiement plus familier :

— Je devrais te poser au sol.

Cependant, il ne bouge toujours pas.

Je regarde fixement sa bouche, sa lèvre inférieure rebondie qui me tente depuis le début.

— J'aimerais juste… dis-je avant d'approcher mon visage, avançant ma langue pour la goûter.

Il gémit et sa bouche se referme sur la mienne. Ce n'est pas trop brutal, pas trop tendre. C'est parfait. Décadent. Délicieux. Je me noie dans les sensations, dans le plaisir du baiser que me rend ce bel homme. J'en ai le souffle coupé, mais ça m'est égal. J'ai besoin de continuer. Soudain, je suis affamée. Mes envies longtemps endormies me reviennent avec force.

Il interrompt enfin le baiser et mes pieds touchent le sol. Mais je n'en ai pas terminé. Je referme les bras autour de son cou, je me hisse sur la pointe des pieds et je mords sa lèvre charnue. Un gémissement grave monte de sa gorge et il se retourne pour me plaquer contre le mur. Sa bouche dévore la mienne. Je glisse mes doigts dans ses cheveux souples. J'adore leur épaisseur, comme tout le reste chez lui : son goût, son odeur, sa façon de m'embrasser comme s'il était tout aussi affamé avec moi que je le suis envers lui.

Brusquement, il se détache de moi et se tourne vers l'entrée de la cabine en lâchant sèchement :

— Quoi ?

Waouh, je n'ai même pas entendu la porte s'ouvrir.

C'est Maya. Les yeux écarquillés, elle me regarde plaquée entre le mur et Phillip. Elle laisse échapper un petit sanglot avant de faire volte-face pour se ruer hors de la cabine.

Il ferme les yeux en poussant un profond soupir. Je sais qu'il va devoir la réconforter.

— Elle ne t'a jamais vue avec une femme ? dis-je à mi-voix.

Il recule et passe une main dans ses cheveux.

— Pas d'aussi près. Je ne ramène aucune femme à la maison, à l'exception de mon ex, et c'était il y a plus d'un an.

— Ah.

Il sourit à regret.

— Je sais que je devrais aller lui parler, mais ça risque de mal se passer tant que je serai dans cet état.

Il désigne sa ceinture, sous laquelle j'aperçois un renflement impressionnant.

Je suis frappée par une vision du corps musclé de Phillip devant moi, entièrement nu. Je redresse la tête, la bouche sèche.

— Il vaut mieux éviter.

— Je n'aurais pas dû t'embrasser, dit-il après avoir pris une grande inspiration.

— Ça va.

Son regard rencontre le mien et il fronce les sourcils.

— Je ne sais pas ce qui m'a pris. Nous n'avons que deux semaines avant de repartir chacun de notre côté et je ne veux pas que nos sentiments en souffrent, surtout avec une amie de ma belle-sœur.

Il fait la grimace et détourne le regard.

Il a raison. Je le regrette. J'éprouve des choses que je n'avais pas ressenties depuis longtemps – chaleur, affection, envie. Ce n'est pas l'enfoiré arrogant que je croyais. Je l'apprécie. Pourtant, je ne me fais aucune illusion. Le baiser que nous venons de partager n'aurait pas été aussi incroyable avec n'importe quel homme attirant. En général, un premier baiser est timide, maladroit ou trop baveux. Parfois les trois en même temps. Là, c'était une perfection passionnée. C'est rare, spécial et… improbable. Nous vivons dans des mondes différents, nous sommes condamnés à nous séparer et c'est un homme à femmes notoire. Je sais que je ne devrais pas m'attacher à lui, aussi tentant qu'il soit.

Il a l'air tellement malheureux que je le laisse tranquille en disant avec nonchalance :

— Pas de souci, on peut passer le film en marche arrière.

J'ouvre les bras et retourne à reculons au centre de la cabine comme si je revenais en arrière, m'éloignant de mon amoureux à travers un champ de blé.

Il sourit et lève les paumes.

— J'aimerais dire que ça a fonctionné, mais…

Je me dirige vers le sofa.

— Viens, nous allons regarder la télé. Tu devrais parler à Maya une fois que vous trouverez un moment tous les deux. Je suis sûre qu'elle n'appréciera pas ton discours en mode *ce n'est pas vous, c'est moi* si je suis dans les parages.

Il s'assied à côté de moi et sort la télécommande d'un compartiment derrière nous.

— J'allais opter pour : nous avons grandi ensemble, alors je vous ai toujours considérée comme une petite sœur.

Je lui décoche un coup d'œil atterré.

— Tu peux faire mieux que ça.

— Et si je me contentais de : je n'éprouve pas ces sentiments-là envers vous ?

— *Haaan !* Mauvaise réponse.

Il allume la télé en fronçant les sourcils et il zappe machinalement.

— Que devrais-je dire ? Je croyais que c'était un petit coup de cœur sans conséquence. La mère de Maya était une femme de chambre au service de notre famille et Maya a commencé à travailler pour nous quand elle avait seize ans. J'en avais dix-neuf. Elle me faisait vraiment l'effet d'une petite sœur.

— Oh, waouh. Alors elle craque pour toi depuis tout ce temps ?

— Sans doute. Elle rougissait beaucoup en ma présence à l'époque. Maintenant, j'ai vingt-neuf ans, alors je pensais qu'elle avait compris qu'il ne se passerait rien entre nous.

Je réfléchis. Il n'existe aucun moyen agréable de refuser un amour non réciproque.

— Va pour l'option petite sœur. De toute façon, elle souffrira quoi que tu dises. Au moins, c'est la plus douce des réponses du type rien de personnel.

Il trouve un match de foot à la télé et pose la télécommande, dont je m'empare aussitôt pour mettre une émission de mode avant de lui sourire.

Il me pince le menton et m'embrasse. C'est un baiser bref et intense qui m'électrise tout l'organisme. Je reste sans voix. Enfin, il sort son téléphone sans prêter plus attention à la télévision.

Une vague de chaleur me traverse. Je sais que c'est bête. Ce n'est qu'une émission, mais mon ex ne me laissait jamais le contrôle de la télécommande. Ce sont les petits détails. C'est plus fort que moi. Je l'attrape et passe mon bras autour de sa taille. Lorsqu'il me sourit, j'ai l'impression de sentir la chaleur du soleil sur tout mon corps.

Je le lâche enfin pour m'installer confortablement, me pelotonnant contre lui sur le sofa moelleux. Sa main se pose sur la mienne et il la serre dans une poigne chaude.

Mon stupide cœur fait des sauts périlleux.

Un sourire flotte sur mes lèvres.

Nous n'en avons pas fini, tous les deux.

5

Ruby

La nouvelle de notre arrivée a dû courir, car lorsque nous posons le pied sur le quai à Nantes, une foule nous attend. Des locaux tendent leurs téléphones vers nous, mais également des paparazzis armés d'appareils photo aux objectifs énormes braqués sur Phillip. Tous veulent le beau gosse royal.

Les gardes du corps nous escortent. Phillip passe un bras autour de moi et m'attire contre son flanc. Une femme se précipite vers nous en hurlant son nom. Elle se heurte contre Maya et Phillip prend la femme de chambre sous son aile. Les badauds crient « Prince Phillip » et « beau gosse royal », le bombardant de questions en anglais et en français. Je ne perçois que des bribes de mots.

— Deux femmes ? Une seule ne te suffit pas, étalon ?

— Qui sont ces filles ?

— Lana est de nouveau célibataire. Appelle-la et vous ferez une partouse !

Les rires fusent dans la foule.

Je frémis. C'est son ex. Leur relation était exposée au grand jour. La presse les surnommait « le couple en or ». J'aurais horreur que ma vie privée soit ainsi observée de près. La presse à scandale a couvert leur rupture et le nouvel amoureux de Lana à grand renfort de détails.

Phillip ne réagit pas. Il reste impassible tout en nous guidant à travers la foule derrière les gardes qui nous frayent un chemin. On nous pousse vers une limousine et Phillip me fait monter d'abord, puis Maya. Je m'empresse de glisser sur la banquette pour leur laisser la place. Maya prend le siège adjacent, les mains jointes sur ses genoux. Dès l'instant où la portière se referme derrière Phillip, la voiture démarre.

Ce dernier s'assied à côté de moi et se penche vers Maya :

— Tout va bien ?

Elle garde les yeux baissés sur ses mains.

— Oui, monsieur, ça va.

Il me regarde d'un air interrogateur.

— Ça va, lui dis-je.

Enfin, il se penche en arrière en expirant.

— Merde, ils vont en faire toute une histoire, pour quelque chose d'aussi bête qu'une virée shopping. C'est ridicule. Ils feraient mieux de se concentrer sur de véritables actualités, sur un sujet digne d'intérêt !

— Ton voyage avec Global Soleil & Eau devrait faire l'affaire.

Son regard étincelle.

— C'est exactement sur ce genre d'informations qu'ils feraient mieux de se concentrer. L'eau potable, aider les gens. Pas ma vie sociale. Franchement, ça intéresse qui ?

Je hausse une épaule.

— Pas moi.

— Tu as bien raison, dit-il en riant. Bon, ne stressons pas. Amusons-nous un peu.

Il jette un œil vers Maya qui garde le silence, les yeux baissés sur ses mains.

Je penche la tête vers la console centrale, où du champagne repose au frais dans un seau à glace.

— Nous devrions commencer notre excursion par une coupe de champagne, annonce-t-il. Ça vous tente, mesdames ?

— Avec joie, dis-je.

— Maya ?

— Je travaille, monsieur.

Il lève la bouteille de champagne.

— Vous êtes officiellement en repos. Et si vous voulez porter autre chose que votre uniforme, servez-vous dans les magasins. Ce sera mon cadeau.

Elle lève brusquement la tête, surprise.

— Vraiment ?

— Oui, vraiment. Je vous ai toujours considérée comme un membre de la famille, comme la gentille petite sœur que je n'ai jamais eue.

Il ajoute en chuchotant derrière sa main sur un ton de conspirateur :

— Ne dites pas à Emma et à Silvia que j'ai dit ça.

Ce sont ses sœurs cadettes. Elle se mord la lèvre inférieure en réprimant un sourire.

— Merci, monsieur.

Il fait sauter le bouchon de champagne dans un son qui réjouit Maya. Et voilà, Phillip vient de regagner son amitié. Il lui sert une coupe et la lui tend, puis il me sert.

Il m'offre le verre avec un clin d'œil.

— À celle qui se pavane comme personne.

Je rougis au souvenir de notre baiser impromptu.

— Eh bien, merci beaucoup.

Je bois quelques gorgées et surprends le regard de Maya, qui fronce les sourcils avant de se tourner pour regarder par la vitre.

Phillip

À l'exception de la cohue sur le quai, le reste de notre virée se déroule sans encombre. Le personnel du palais obéit à un protocole bien huilé dès que je suis de sortie. On signale notre présence aux commerçants, qui ferment aux autres clients le temps de notre visite. Ils sont d'autant plus disposés à le faire qu'ils savent que j'ai de l'argent et que tout ce que j'achèterai deviendra aussitôt populaire. Le fait que nous soyons un mardi du mois de septembre facilite les choses. On ne leur demande pas de fermer la porte au nez de leur clientèle par un week-end chargé.

Nous commençons au passage Pommeraye, car Maya est impatiente de trouver une nouvelle tenue et Ruby a envie de voir le centre commercial historique. Il a été évacué pour notre séance privée de deux heures. Dès l'instant où nous entrons, Ruby est enchantée. Ce qui était initialement un passage entre deux rues est désormais une galerie au toit de verre et à la décoration raffinée qui s'élève sur deux étages, avec des boutiques réparties de part et d'autre d'un grand escalier central.

— Oh, regarde ces colonnes ! s'exclame Ruby en sortant son téléphone de son sac pour prendre des photos. Et l'arche, l'horloge, les chérubins ! ajoute-t-elle en désignant les angelots sculptés qui surplombent le passage. Ne sont-ils pas adorables ? Même les vitrines sont splendides !

C'est charmant, dans un style français néo-classique typique. Les boutiques étaient en extérieur autrefois, si bien qu'elles ont gardé leurs vitrines originales au pourtour en plâtre finement ouvragé et aux rebords ornés de jardinières en fer forgé. L'arche du passage est encore plus raffinée, surmontée d'une grande horloge. Le plafond de verre laisse entrer une lumière naturelle tamisée.

Je me tourne vers Ruby.

— Comptes-tu continuer à prendre des photos ou allons-nous faire les magasins ?

Elle range son téléphone dans son sac.

— Maya et toi, allez acheter des vêtements. Moi, je vais visiter quelques-unes de ces boutiques excentriques. Cet endroit est magique !

Je la laisse à ses repérages.

Une heure plus tard, Ruby est toujours affairée quelque part et Maya est ressortie avec sa nouvelle tenue, un blazer couleur rouille sur un t-shirt assorti, un pantalon noir et des bottes en cuir noir à talons hauts. Elle a libéré les cheveux de son chignon et la transformation est surprenante. Elle ne ressemble plus à la Maya avec laquelle j'ai grandi. C'est une jeune femme chic, et même sexy, avec sa chevelure brune chatoyante qui tombe en vagues souples sur ses épaules.

— Maya, vous êtes adorable. Vous devriez sortir du palais, rencontrer des jeunes de votre âge et vous faire des amis.

Elle prend rarement des congés.

— Merci, monsieur, répond-elle, les joues rouges. Où voudriez-vous que j'aille ?

— Là où sortent les jeunes de votre âge. Peut-être ici ou à Paris.

Elle joint les mains derrière son dos.

— Paris, c'est un long trajet en train.

Je prends conscience que mon accès facile au yacht et au jet me fait considérer ma liberté comme acquise.

— Eh bien, à Villroy.

— Il ne reste plus beaucoup de jeunes là-bas, seulement quelques-uns ont pris la relève de leurs pères à la pêche.

Elle les connaît sans doute depuis son enfance et elle ne ressent rien pour eux. Soudain, j'ai envie qu'elle dépasse ce coup de cœur non réciproque qu'elle éprouve envers moi. J'ai envie qu'elle se lance et qu'elle cherche son propre bonheur. Je n'ai jamais vraiment songé combien la vie sur une île pouvait être difficile pour elle. Elle est jeune. Elle devrait faire la fête, sortir avec des gars pas toujours très sérieux et s'amuser beaucoup.

Je passe la main sur mon menton rugueux.

— Eh bien, c'est un problème. Je crois que les choses changeront une fois que les idées de la reine décolleront pour de bon, avec le spa et la collection de produits de beauté naturels. Nous aurons sans doute un afflux de jeunes et de visiteurs.

Elle murmure sur un ton évasif, guère convaincue à l'évidence.

— L'un de mes frères pourrait vous présenter un ami ou…

Cette fois, ses joues deviennent écarlates.

— Je vous en prie, ne vous donnez pas de mal à me trouver un compagnon, monsieur.

Je n'ajoute pas un mot. Je n'ai jamais passé de temps avec Maya en dehors des murs du palais et je suis conscient de mes privilèges. Je dois rester reconnaissant et généreux avec les autres. C'est la seule attitude qui me semble juste étant donné la chance que j'ai reçue. Lana m'a peut-être rendu service en me plaquant. J'étais dans un tel désespoir que je me suis lancé à corps perdu dans toutes sortes d'échappatoires : les femmes, bien sûr, mais j'ai aussi rempli mon emploi du temps d'événements caritatifs et autres galas où ma présence pouvait faire la différence. À l'époque, Gabriel était sous le feu des projecteurs. Je participe depuis longtemps au programme Global Soleil & Eau, mais c'est en rencontrant le directeur en personne lors d'une collecte de fonds que je me suis engagé plus activement.

— Phillip ! Maya ! Regardez ces trésors !

Je lève les yeux vers le premier étage et un sourire me vient quand je découvre Ruby dans l'ombre de deux colonnes grecques sculptées ornées de fleurons. Deux commerçants de forte carrure soutiennent les colonnes.

Ruby nous lance :

— Elles n'étaient même pas à vendre, c'étaient des décorations. Vous ne les trouvez pas magnifiques ?

Maya acquiesce en souriant.

Les colonnes paraissent factices. Elles doivent être en bois aggloméré.

— Waouh.

C'est la seule réaction qui me vient.

Les hommes se dirigent vers l'escalier monumental tout en portant les colonnes et Ruby les précède d'un pas léger. En nous rejoignant, elle souffle à voix basse :

— C'était une affaire ! Je vais les poncer et les repeindre pour leur donner un aspect un peu moins grec et un peu plus royal.

Je ne vois absolument Hont pas ce qu'elle veut dire, mais elle rayonne d'enthousiasme. Ses yeux verts étincellent, ses joues virent au rose et je ne peux que hocher la tête.

— Merveilleux choix.

— Merci.

Elle se tourne alors vers Maya et doit la regarder à deux fois dans un aller-retour comique.

— Mamma mia ! J'ai bien failli ne pas te reconnaître dans cette tenue, avec les cheveux lâchés. Tu es sacrément sexy.

Maya passe une main sur ses cheveux, les joues écarlates.

— Merci, madame.

— Je connais des gars qui bafouilleraient rien que pour t'inviter à sortir, dit-elle en souriant avant de chercher mon approbation. Pas vrai ?

— Oui, elle est tout à fait charmante. Ça te plairait de t'acheter des vêtements, toi aussi ?

— Moi ? Oh, non. Je n'ai pas beaucoup de temps pour préparer la suite et je dois être efficace.

Elle se précipite vers les hommes chargés des deux colonnes pour leur donner ses instructions. Ils ont l'air perplexes.

Je les rejoins et je m'adresse à eux en français, leur demandant d'emporter les colonnes jusqu'au yacht où l'équipage les aidera à les charger à bord. Puis je passe un coup de téléphone au bateau pour prévenir de leur arrivée. Quand je raccroche, Ruby me regarde comme si elle pouvait me sauter dans les bras et m'embrasser à en perdre haleine. Je n'ai pas d'autres mots pour décrire l'admiration sensuelle que je perçois dans son regard.

Elle se dresse sur la pointe des pieds et chuchote à mon oreille :

— Tu es tellement sexy quand tu parles français.

Je souris, parce qu'il n'y a rien de sexy dans les instructions que j'ai données. Je lui murmure à l'oreille que j'aime aller à la bibliothèque. C'est l'une des premières phrases en français que m'a apprises mon professeur particulier.

Ses yeux brillent quand elle me regarde avec adoration.

— C'est torride, souffle-t-elle.

Maintenant, je connais la clé pour séduire Ruby. La culpabilité me frappe et je détourne le regard. Anna m'a prévenu à propos de Ruby et elle a raison. Je ne cherche rien de sérieux et elle ne cherche rien de léger, sans compter que nous repartons bientôt chacun de notre côté. Ce qui signifie que je dois m'en tenir à l'amitié, aussi enflammé que soit son regard. Ou ma propre excitation.

Je détourne mes pensées du chemin dépravé qu'elles ont emprunté pour me concentrer sur le fait qu'Anna me tuerait si je couchais avec Ruby. Gabriel se joindrait sans doute au châtiment, car il prend toujours sa défense. Il ne faut jamais se mettre à dos le roi et la reine.

~

Ruby

Cette semaine est passée dans un tourbillon. J'ai été tellement concentrée sur l'aménagement de la suite avant le retour d'Anna que j'ai à peine pris le temps de manger. J'ai travaillé d'arrache-pied avec Maya et Phillip et je suis fière du résultat. C'est enfin dimanche matin. Les clientes arrivent ce soir et Anna ne va plus tarder maintenant.

J'effectue un dernier tour de la chambre principale et je m'arrête dans les pièces adjacentes. Mon seul regret, c'est de ne pas avoir eu le temps de commander ce qui aurait constitué une touche vraiment majestueuse : un vitrail représentant les armoiries royales. Ce n'est pas nécessaire, étant donné la vue sur l'île et la mer au-delà, mais il y a quelque chose de spécial dans l'éclat de la lumière à travers le verre teinté. Je leur suggérerai peut-être d'ajouter des caissons lumineux derrière des vitraux pour les améliorations futures.

J'ai déjà pris des photos avec mon téléphone et mon appareil photo numérique pour mon portfolio. En plus des meubles anciens en acajou, j'ai installé des appliques dorées qui ressemblent à des bougeoirs et qui diffusent réellement de la lumière. L'horloge et le téléphone vintage que j'ai récupérés dans le grenier trônent respectivement dans le salon et la chambre principale. Les colonnes grecques ont été améliorées avec de la peinture satinée et métallisée qui leur donne une teinte dorée lumineuse et je les ai placées dans la chambre principale. Chaque colonne est surmontée d'un chérubin déniché chez un antiquaire à Nantes. On retrouve des touches dorées sur les coussins décoratifs et les plaids des lits et des sofas.

Les peintures au plafond sont somptueuses ! Encore plus

belles que dans mon imagination. Le paysage maritime dans le salon principal est délimité par un cadre doré incurvé. Clara a opté pour un vert-bleu identique à celui de la mer, toile de fond idéale aux sirènes, nymphes, dauphins, poissons et mouettes. Quant au ciel étoilé au-dessus des baignoires, il est parfait. Les panneaux contribuent à créer une acoustique feutrée. Phillip s'est chargé de restaurer lui-même la tablette de cheminée. Sa proposition m'a étonnée. Je lui ai donné quelques instructions pour retirer l'ancienne couche de peinture, poncer la surface et la repeindre. Enfin, Jeanne a pris soin de dupliquer le blason royal original sur la tablette, ajoutant une fine ligne dorée au-dessus, sur les contours de la couronne.

Toutes les pièces de la suite expriment l'élégance et la grande tradition royale. Je l'aime tant que je pourrais y élire domicile. Je m'installe devant le nouveau manteau de cheminée dans le salon de la suite principale pour attendre Anna. J'ignore combien de femmes elle a conviées à cette semaine d'inauguration, mais la suite et les pièces adjacentes peuvent héberger huit personnes si certaines acceptent de partager un lit. Dans chaque chambre, il y a un lit king-size. Pas de canapé convertible. Peut-être est-ce volontaire afin de limiter le nombre d'invités. Le palais demeure une résidence privée, après tout.

— Ruby ! Ahhh ! Viens ici !

Je me retourne en entendant la voix d'Anna. Elle est radieuse, je crois bien que je ne l'ai jamais vue aussi heureuse. Ses boucles foncées encadrent un visage en forme de cœur, rose d'excitation. Ses yeux marron étincellent et son sourire irradie. Elle porte une robe noire à manches longues près du corps qui se termine à mi-cuisses et des talons à imprimé léopard. Toujours la même Anna. Elle a toujours eu un faible pour les imprimés léopard. Elle dit que c'est son animal totem.

Je me précipite pour la prendre dans mes bras et elle m'enveloppe dans une étreinte qui m'écrase contre sa poitrine. Elle est plus grande que moi, comme la plupart des gens.

Enfin, elle s'écarte en me retenant par les épaules.

— Quel plaisir de te voir ! Merci mille fois d'être venue à la rescousse !

C'est typique d'Anna. Son initiative était pratiquement un acte de charité. Elle avait déjà une suite splendide et elle a eu la générosité de m'offrir l'opportunité d'y apporter ma touche personnelle. C'est un fabuleux projet prestigieux à ajouter à mon portfolio.

— Merci pour cette belle occasion. Sincèrement. Je t'en dois une. Et excuse-moi de ne pas avoir pu assister à ton mariage. Il tombait en même temps que l'anniversaire des vingt-cinq ans de mariage de mes parents, déjà prévu de longue date.

Elle sait que je suis leur fille unique, alors elle comprend. Cela dit, j'aurai bientôt une petite sœur ! Plus que quatre mois avant sa naissance.

— Je sais. Tu m'as manqué, mais ça ne fait rien.

— Honnêtement, même sans cet événement, je n'avais pas de quoi me payer le voyage et j'aurais été trop gênée de te demander de me le financer. Avant de commencer cette mission, j'étais au plus mal. Fauchée, sans emploi, chez mes parents, avec le cœur brisé par un homme qui m'a menti pendant toute l'année que nous avons passée ensemble. Marié et futur père de triplés, c'était la douche froide.

Elle secoue la tête.

— Il est minable ! Tu mérites tellement mieux.

— Merci. Encore une fois, excuse-moi d'avoir raté ton mariage…

— Arrête, ma belle. Il n'y a pas de quoi t'excuser. J'ai compris que tu avais d'autres priorités et je sais ce que c'est d'être au fond du trou sans apercevoir le bout du tunnel. Bon, voyons ce que tu as fait ici.

Elle tourne lentement sur elle-même, admirant le salon principal.

Je retiens mon souffle. J'ai tellement envie de lui faire plaisir. Elle m'a fait un grand honneur en me confiant ce projet.

— Oh, waouh, fait-elle dans un souffle. C'est exactement ce que je voulais. Cet éclat supplémentaire. Maintenant, c'est on ne peut plus royal !

— Phillip m'a aidée à restaurer la tablette de cheminée. Elle était dans le grenier.

Elle hausse les sourcils.

— Phillip sait restaurer ce genre de choses ?

— Je le lui ai appris. Il a été très utile.

— Vraiment ?

Elle laisse traîner ce mot comme si elle était suspicieuse.

Je hoche la tête.

— Hmm…

Elle lève alors les yeux vers le plafond et pousse un cri béat.

— Ruby ! C'est incroyable ! Qui a fait ça ?

— Maya et moi, nous avons contacté deux artistes de l'île. Clara a réalisé la peinture marine et Jeanne le ciel nocturne au-dessus des bains à remous. Le plafond de la salle de bain est composé de panneaux acoustiques qui étouffent l'écho tout en donnant l'impression d'être sous la voûte étoilée.

— Tu plaisantes ! s'exclame-t-elle en se ruant dans la salle de bain. J'adore ! Je n'y aurais jamais pensé.

Elle se tourne vers moi.

— Ruby, tu es un génie ! Je n'en reviens pas que tu ne sois pas déjà inondée de travail maintenant que tu travailles à ton compte.

Je sautille sur la plante des pieds, tiraillée entre la fierté pour mon travail et la honte de ne pas encore avoir fait décoller ma carrière d'indépendante. En un sens, je crois que c'est à cause d'une nostalgie tenace qui m'empêche de déclencher ce bouche-à-oreille si essentiel dans ma branche.

— C'est difficile de se lancer au début. J'ai eu quelques petites missions. J'espère ajouter ce projet à mon portfolio pour obtenir un coup de pouce.

Elle se promène dans la chambre principale, laissant courir ses doigts sur le jeté souple et les coussins décoratifs en soie dorée.

— C'est tellement royal avec ces notes dorées. Et ces colonnes ! J'adore !

Elle prend le vieux téléphone sur un guéridon.

— Il fonctionne ?

— C'est décoratif. Je crois qu'il faudrait le recâbler.

— Je m'en occupe aujourd'hui.

Aussitôt, je l'imagine dégainer sa ceinture à outils. C'est formidable qu'elle soit manuelle et bricoleuse, mais je sais aussi qu'elle a des devoirs royaux qui l'attendent.

— Ce n'est pas nécessaire. Tes clientes souhaiteront sans doute se déconnecter un peu. Tu sais, étant donné que ce sera comme une parenthèse pour elles, un moment rétro loin de la frénésie de leur vie quotidienne.

— Bien vu.

Elle se dirige vers la porte de la suite adjacente, version plus réduite de celle-ci, tout en vérifiant chaque recoin.

Je la suis dans toutes les pièces tandis qu'elle s'extasie, poussant des *oh* et des *ah*.

— Comment s'est passé ton voyage de noces ? demandé-je une fois qu'elle a cessé de flatter mon génie.

Elle est excessivement généreuse dans ses compliments. Cela dit, si tous les clients étaient comme elle, je serais aux petits oignons.

— Fabuleux.

Elle s'assied sur le lit dans l'une des chambres plus petites.

— J'ai beaucoup appris.

Je ne m'attendais pas à cette réponse. Je la rejoins en souriant.

— Tu as beaucoup appris pendant ta lune de miel ? Ton mari doit être très doué.

Nous pouffons, puis elle reprend :

— Il est merveilleux, bien sûr, mais je me suis aussi imprégnée de la mode féminine à Paris, Milan et Barcelone.

Elle baisse la voix et ajoute sur le ton de la conspiration :

— C'était une sorte de voyage de recherche en parallèle de la lune de miel. Ne le dis pas à Gabriel.

— Comme si je pouvais te dénoncer au roi.

Elle éclate de rire.

— Alors, demande-t-elle. As-tu rencontré tout le monde ? Oscar, Lucas, Adrian et Emma ? Il paraît que ma belle-mère n'a pas quitté ses appartements.

— Adrian était absent, mais oui, j'ai vu les autres. Phillip m'a présentée quand ils sont passés voir ce qu'il fabriquait ici. Tout le monde était très chaleureux et avenant.

Elle pince les lèvres.

— Comment t'a traitée Phillip ?

Mes joues s'empourprent.

— Bien.

Elle hoche la tête et ses boucles rebondissent.

— Tant mieux. Je lui ai demandé de la garder dans son pantalon.

— Anna !

— Quoi ? Je sais que c'est un tombeur, tu as traversé l'enfer avec ton connard d'ex et tu n'as jamais été du genre à coucher pour un soir.

Elle me serre le bras.

— Et puis, ta nouvelle entreprise décolle à peine. Tu ne dois pas te déconcentrer maintenant.

Mes épaules s'affaissent.

— C'est vrai.

Pourquoi suis-je déçue ? Elle a raison. Et puis, nous ne nous sommes embrassés qu'une fois, Phillip et moi. Étant donné mes délais serrés, nous n'avons fait que travailler toute la semaine. Au fond, je devais espérer un peu plus. Il suffit qu'il soit là pour que l'alchimie crépite entre nous.

— Pourquoi parais-tu si triste ? demande-t-elle. Tu voulais sortir avec Phillip ?

Je me redresse.

— Non, bien sûr que non.

— Il est canon.

— Difficile de dire le contraire.

— C'est aussi un collectionneur, ajoute-t-elle en haussant les épaules. Je l'adore, mais c'est la vérité. Je te recommande de garder tes distances.

— Et Lana ? Il a passé des années avec elle. Au fond, il espère peut-être rencontrer la bonne.

Elle m'attrape par les épaules et me fait pivoter vers elle.

— Ruby, écoute-moi. Ne va *pas* croire que tu peux le réparer ou par magie devenir celle qui lui donnera envie de s'engager. Je sais qu'il peut être très charmeur, mais ne t'ouvre pas à quelque chose qui ne fera que te blesser. Je dis ça parce que je t'aime.

— Je le sais, dis-je en ravalant ma déception.

Il faut croire qu'il me plaisait plus que je le pensais.

— Ce ne sera pas un problème. Nous partons tous les deux la semaine prochaine. Il doit voyager dans le cadre de ses organismes de bienfaisance pendant très longtemps. Avec l'ONU, ça pourrait bien lui prendre plus d'un an, et moi je dois rentrer chez moi et déménager de chez mes parents. Pas seulement pour lancer ma propre entreprise, figure-toi que ma mère est enceinte de cinq mois et qu'ils ont besoin de ma chambre.

Elle porte la main à sa bouche.

— Oh, mon Dieu ! Quel âge a-t-elle ?

— Quarante-trois ans. C'est son bébé miracle. Nous sommes tous fous de joie.

— Félicitations ! Je sais que tu as toujours voulu un frère ou une sœur.

Je hoche la tête. J'ai du mal à parler, car une boule se forme dans ma gorge. Il y a tant de choses que j'ai envie de faire avec ma petite sœur, tant de choses que j'aimerais lui apprendre et lui montrer.

Elle tapote sur ses lèvres rouges un doigt écarlate orné de strass.

— Quand mes clientes verront que tu as fait de cette suite un vrai petit bijou, elles voudront t'embaucher. Elles ont toutes réussi dans leurs domaines et elles possèdent leurs propres maisons. Et puis, elles n'habitent pas loin de chez toi, dans la région de Tampa. Seize femmes pleines aux as. Je leur présenterai notre décoratrice d'intérieur dès qu'elles arriveront.

Une bouffée d'excitation me saisit et je la serre dans mes bras.

— Ce serait formidable !

— Je *suis* formidable, répond-elle en riant.

Je la lâche avec un sourire si intense que j'en ai mal aux joues. Si ces femmes aisées apprécient mon travail, non seulement ce sera un fabuleux départ, mais j'obtiendrai enfin le bouche-à-oreille dont j'ai besoin pour lancer ma carrière. Ce serait tellement important à ce stade de ma vie de prouver que je peux réussir.

Une fois de plus, je l'enlace.

— Merci, merci, merci !

— Voilà la Ruby joyeuse dont je me souviens. Il n'y a pas de quoi. Honnêtement, ton travail est éloquent, fait-elle en désignant la pièce.

Je la regarde à nouveau d'un œil critique, mais j'ai beau être très exigeante, je dois admettre que le résultat me plaît. Seize nouvelles clientes potentielles, waouh. Un instant.

— Seize ? Anna, où vont-elles dormir ? Les chambres ne peuvent héberger que la moitié.

Elle fait la grimace.

— Je sais. À l'origine, elles étaient huit, mais quand la nouvelle de la vente aux enchères royale pour célibataires s'est répandue, plusieurs de mes anciennes clientes m'ont suppliée de leur envoyer une invitation. Je ne pouvais pas refuser.

Je m'immobilise.

— Qu'est-ce que tu racontes ? La vente aux enchères royale pour célibataires ?

— Phillip ne t'en a pas parlé ?

— Non.

— C'est notre tête d'affiche. Ses autres frères cadets célibataires, aussi. Tu devrais enchérir sur Adrian. C'est le seul en qui j'aie confiance. Il ne cherchera pas à te séduire, c'est un vrai gentleman.

Je fronce le nez.

— D'abord, je suis fauchée, et ensuite, *berk*. Hors de question que je mise de l'argent sur un homme comme si c'était un trophée bizarre.

C'est alors que je comprends. Ce doit être la raison pour laquelle Phillip m'a dit qu'il ne voulait sortir avec moi à aucun prix quand je suis arrivée au palais. Il devait me prendre pour l'une des clientes d'Anna impatiente de participer à la vente aux enchères. Mais dans ce cas, pourquoi ne me l'a-t-il pas expliqué ? J'aurais compris. Le pauvre, il doit se sentir obligé de jouer le jeu pour Anna. Pas étonnant qu'il m'ait semblé aussi nerveux la première fois que je l'ai vu.

Anna continue :

— Ce n'est pas comme un trophée. En fait, c'est une collecte de fonds pour la prochaine phase de mon plan, le spa de jour. J'aimerais qu'elles se sentent investies dans le projet pour qu'elles reviennent et qu'elles en fassent la publicité autour d'elles. Les femmes peuvent miser pour remporter un rendez-vous en tête à tête avec le prince. Rien qu'un rendez-vous, j'ai été très claire sur ce point. Phillip et ses autres frères célibataires participent à l'événement, mais c'est son nom qui attire les gens. Il est célèbre en tant que beau gosse royal. Mes clientes sont dans tous leurs états à la perspective de gagner une soirée avec lui.

Je pince les lèvres, ignorant la morsure de la jalousie. Phillip ne m'appartient pas.

— Tu veux bien être la personne qui lancera la première enchère ? demande-t-elle. Adrian est le premier. La mise de départ est de cinquante euros.

Tout le monde veut mettre le grappin sur Phillip. C'est un prince play-boy célèbre dans le monde entier. Je ne dois pas l'oublier, aussi abordable et amical qu'il ait été pendant toute la semaine. Il appartient au monde des femmes riches et glamours. Ce n'est pas moi. Et puis, je sais que je ne dois pas me lancer dans une aventure sans lendemain. La dernière chose que je veux, c'est de partir avec un cœur brisé. Je suis déjà allée sur ce terrain et j'ai même acheté le t-shirt à la boutique-souvenir.

Va-t-il coucher avec l'une des riches clientes d'Anna ? Mon estomac se noue.

— Ruby ?

Je lève vivement la tête.

— Oui ?

— Je t'ai perdue pendant une minute. Tu veux bien être la première à miser sur Adrian ? Cinquante euros.

— Bien sûr.

J'imagine que ses clientes vont rapidement faire monter les enchères, alors l'argent n'est pas un problème.

— Super ! Nous organisons un cocktail juste avant, et ensuite il y aura un repas, des boissons et un DJ pour le grand événement. On prévoit de danser, ce sera une fête exceptionnelle.

J'affiche un grand sourire.

— J'y serai.

Je suis toujours partante pour faire la fête. Voir les femmes baver devant Phillip pendant qu'il leur compte fleurette, beaucoup moins. Je m'en veux d'y attacher de l'importance.

Elle se lève.

— Je ferais mieux d'aller vérifier les chambres des invités au deuxième étage. Mes huit premières clientes prendront cette suite. Je ne voulais pas trop agencer les autres chambres, parce que nous essayons vraiment de limiter le nombre d'invités. Bien sûr, je les coifferai et je m'occuperai moi-même de leurs soins du visage et de leurs ongles. Les soins cosmétiques font partie de l'expérience. Gabriel estime que je ne devrais pas faire tout ça maintenant que je suis reine, le protocole royal, bla, bla, bla. Je lui réponds que je peux faire ce que je veux dans l'intimité de notre palais.

Je me lève à mon tour.

— C'est merveilleux. Quand aura lieu la vente aux enchères ?

— Demain soir. Oh, et je leur ai choisi d'adorables strings à porter sous... fait-elle en agrippant une ceinture imaginaire... sous leurs pantalons de strip-teaseurs.

Aussitôt, j'imagine Phillip qui se déshabille sous les griffes de ces femmes avides.

— Mon Dieu.

— Je plaisante ! s'exclame-t-elle en me serrant le bras. Du calme, on va bien s'amuser !

6

Phillip

— Tiens, regardez qui voilà, fait Lucas en ricanant. Monsieur Je-suis-au-dessus-de-tout-ça.

— La ferme, rétorqué-je sèchement à l'attention de mon jeune frère.

Nous nous trouvons en coulisses pour la vente aux enchères royale. Comment en suis-je arrivé là, à jouer les têtes d'affiche pour l'événement auquel j'étais farouchement opposé ? Un mot : Ruby. Anna aussi. Bon, d'accord, ça fait deux.

— Ruby sera à la vente aux enchères, m'a dit Anna ce matin au petit-déjeuner quand je lui ai demandé d'empêcher ses clientes de me harceler.

Hier soir, l'une d'elles a carrément arraché la poche arrière de mon pantalon pour l'emporter comme souvenir ! Sans le personnel de sécurité, je suis certain que ma chemise aurait été réduite en lambeaux !

— Hmm, hmm.

J'ai gardé une mine impassible tandis qu'Anna me dévisageait avec un regard acéré de l'autre côté de la table. Nous sommes seuls tous les deux dans le petit salon pour un petit-déjeuner tardif. Je ne sais pas si Ruby a raconté à Anna que nous nous étions embrassés. En tout cas, nous avons formidablement réussi à faire comme si rien ne s'était passé. Pourtant, l'attirance électrique est difficile à ignorer. J'ai retenu mes mains et elle a fait sa part en évitant de me sauter dans les bras. Je réprime un sourire en me remémorant ce matin-là, quand elle s'est pavanée au ralenti.

— Elle a l'intention de miser sur Adrian, a dit Anna en posant une main sur son cœur. C'est tellement adorable qu'elle m'aide dans ce projet même si elle n'a pas d'argent. Elle ne peut se permettre que la mise de cinquante euros de départ.

Adrian ? Il vient tout juste de rentrer de Monte-Carlo ce matin. Ruby le rencontre une seule fois et elle est prête à dépenser jusqu'à son dernier euro pour lui alors que j'ai souffert d'entailles et d'ampoules toute la semaine pour l'aider dans ses travaux ? Cette vieille tablette de cheminée et les colonnes en bois aggloméré ne se sont pas améliorées toutes seules !

Anna a siroté son thé avant de m'adresser un sourire avenant.

— J'apprécie tellement que tu participes à cette vente aux enchères. Non seulement pour intéresser mes clientes au projet, mais avec l'argent que nous collecterons, j'espère financer le plan pour le spa de jour et obtenir des dessins d'architecture dont, naturellement, je ferai part à mes clientes. Ensuite, ce sera la recherche et le développement de la collection de produits de beauté.

Je suis à la fois agacé qu'elle soit toujours partie du principe que je participerais à la vente aux enchères alors que j'avais clairement refusé, et follement jaloux que Ruby ait choisi Adrian. C'est ridicule. Je sais que Ruby ne gagnera pas l'enchère étant donné qu'elle ne mise pas beaucoup. Pourtant, je sens qu'il me faut absolument être présent pour m'assurer qu'elle ne fasse rien avec Adrian. Il n'y a pas que la vente. Ensuite, il y aura une grande fête avec un DJ, de la danse et des flots d'alcool. Je vois la scène d'ici : Ruby en train de danser avec Adrian, saoule, hilare, au point de le suivre dans sa chambre. Non, elle n'est pas comme ça. Mais si elle est tentée par Adrian après l'avoir rencontré une seule fois, difficile de savoir ce qui pourrait se passer. Au moins des jeux de mains.

J'ai mordu férocement dans ma tartine avant de mâcher avec vigueur.

Anna s'est concentrée sur son omelette sans prêter attention à mon agitation intérieure.

Finalement, une jalousie irrationnelle a fini par l'emporter et je me suis surpris à dire :

— D'accord, je serai là, mais je contribuerai en tant que donateur anonyme et je miserai sur moi-même.

Elle a froncé les sourcils, troublée, sa fourchette suspendue à mi-hauteur.

— Tu comptes sortir avec toi-même ?

— Avec une femme de mon choix.

Ruby. Elle ne me considérerait jamais comme un objet, quelque chose dont elle peut rapporter un souvenir chez elle. Elle ne se vanterait pas d'être sortie avec le beau gosse royal parce qu'elle me voit comme je suis, Phillip Rourke, l'homme qui travaille de ses mains sur les tablettes de cheminée, qui parle un français sexy et qui participe à promouvoir une eau potable dans le monde entier.

— Si je dois le faire, ce sera selon mes conditions.

Elle a posé sa fourchette avec un sourire crispé.

— Tu penses à quelqu'un de précis ?

— Je le déciderai le moment venu. En tout cas, pas cette croqueuse d'hommes qui a arraché mon pantalon, c'est certain.

J'ai repris mon repas et elle a penché la tête pour me dévisager.

— On perd de vue l'objectif de la vente aux enchères si le jeu est pipé.

— Je ne vois pas pourquoi. Tes amies peuvent toujours me rencontrer, hurler mon nom à tue-tête, tout ce qui leur chante tant qu'elles gardent leurs mains dans les poches. Seulement, elles ne se retrouveront pas seules avec moi.

— Pourtant, l'une d'elles sera seule avec toi lors de votre

rendez-vous, a-t-elle ajouté en plissant les yeux. C'est Ruby, n'est-ce pas ? Elle m'a dit que tu l'avais aidée cette semaine dans la suite royale. Depuis quand es-tu manuel, toi ?

— J'ai de nombreux talents.

Si seulement. Ruby m'a expliqué comment faire.

— Ruby et moi sommes amis. Ce rendez-vous serait purement platonique.

— *Phillip.*

Elle doutait de mes intentions, sans doute avec raison, mais mon besoin d'empêcher le rapprochement entre Ruby et Adrian surpassait tous les risques. Je me suis redressé de toute ma hauteur en décrétant de ma voix la plus impérieuse :

— Anna, c'est à prendre ou à laisser.

Elle a cédé. Ses amies veulent trop me voir à la vente aux enchères pour qu'Anna les déçoive. J'ai cédé, moi aussi, mais c'est selon mes propres conditions et pour une bonne raison.

Alors, me voilà, dans la salle de bal, derrière un rideau de velours rouge avec mes frères cadets. Il y a une petite estrade et un podium qui sépare les rangées de chaises où les foldingues, les amies d'Anna, seront assises. Je porte l'une de mes tenues de soirée habituelles : chemise noire ouverte au col, pantalon en cuir noir et bottes de motard noires.

Au passage, Lucas me donne un coup de hanche. Il a un an de moins que moi et il me ressemble, avec les mêmes cheveux brun foncé, les yeux vert-bleu, même si sa barbe cache un peu ses pommettes et sa mâchoire à la structure identique à la mienne.

— Je parie que je décrocherai plus que toi.

Je ricane. Après tout, c'est moi la tête d'affiche.

— Si on lance les paris, je veux participer, s'exclame Oscar. Je parie que Lucas obtiendra plus que Phillip et que je vous surpasserai tous les deux.

Âgé de vingt-six ans, il a trois ans de moins que moi. S'il a la même couleur de cheveux, par un caprice de la nature, il a hérité d'une combinaison des traits de nos deux parents, ce qui fait de lui le plus beau d'entre nous. Son visage présente une symétrie génétique comme on n'en voit que chez les top-modèles et les stars de cinéma. S'il n'était pas aussi discret, c'est sûrement lui que l'on surnommerait le beau gosse royal.

— Je parie cent sur Phillip, déclare Adrian en plaquant une main sur mon épaule.

Maintenant que j'ai neutralisé les éventuelles prétentions d'Adrian envers Ruby, j'apprécie son soutien. C'est mon plus jeune frère ; vingt-trois ans, les mêmes cheveux bruns épais, mais ses yeux sont noisette comme ceux de notre mère.

— Merci, dis-je à Adrian.

C'est un requin des casinos et il adore les parties de poker quand les enjeux sont élevés, mais il parie avec prudence. Il doit vraiment penser que j'ai toutes mes chances.

— Pourquoi ? demande Lucas à Adrian.

Ce dernier lève les deux mains.

— C'est le beau gosse royal. Les amies d'Anna sont principalement ici pour le voir.

Lucas me décoche un regard en coin.

— Je leur offrirai peut-être un meilleur spectacle.

Oscar se frotte le menton.

— Ce n'est pas parce que nous ne sommes pas des mèmes internet comme lui que nous ne pouvons pas décrocher plus d'argent. Alors, combien veux-tu parier ?

Je les laisse à leurs messes basses et à leurs poignées de main. Je sais déjà que je gagnerai. Je parie sur moi-même et les femmes sont assez folles de moi pour surenchérir.

Leurs rires me parviennent de l'autre côté de la salle. Seize femmes déchaînées qui veulent toutes un extrait de ma personne. Les cheveux se dressent sur ma tête lorsqu'une image atroce surgit dans mon esprit : je suis allongé par terre sur le dos, les femmes arrachent mes vêtements et me tirent les cheveux. Je commence à le regretter. Amèrement.

— Elles sont là, annonce Lucas en se frottant les mains. Ce sera marrant.

Marrant ? Non. Une vraie torture. Et après la vente aux enchères, le supplice continue. Comme il n'y a que quatre princes mis en vente, un grand nombre de femmes seront déçues, alors Anna nous a demandé de passer du temps avec elles, de discuter et de danser.

Soudain, elle franchit le rideau en velours rouge qui nous sépare de la scène, nous exposant pendant un instant à leurs regards. Elles se mettent à hurler et à siffler avec ferveur. Je balaie rapidement la foule des yeux à la recherche de Ruby avant de disparaître de leur vue. Je ne l'ai pas aperçue. Lucas et Oscar désignent différentes femmes comme si le choix leur revenait personnellement. Adrian leur envoie un baiser.

— Beau gosse royal, tu es à moi ! s'écrie la folle qui a arraché la poche de mon pantalon.

— Non, à moi ! rétorque une autre femme.

— J'ai déjà trouvé des prénoms à nos enfants, hurle quelqu'un, déclenchant l'hilarité générale.

Et si Ruby ne venait pas ?

Anna jette un œil par-dessus son épaule en direction des invitées.

— Le bar est ouvert, mesdames ! Servez-vous !

— Wouhou !

— Que la fête commence !

— Génial ! C'est le paradis ici !

C'est ça, comme si elles n'étaient pas déjà assez désinhibées.

Anna ferme le rideau derrière elle et marmonne :

— Elles sont déjà pompettes après les cocktails. Je ne voulais pas qu'elles soient trop intimidées à l'idée de miser sur des princes qui sortent avec des top-modèles.

Mes frères ricanent. Quant à moi, je cherche activement une voie de repli.

Anna rejette ses boucles brunes derrière son épaule. Elle porte une robe rouge moulante sans manches avec des talons aiguilles noirs. Bien trop découvert pour son statut de reine, mais son mari, le roi, n'émet aucune objection parce qu'il est complètement fou d'elle.

— Comment ça va, les garçons ? Tout se passe bien ?

— Super ! lui répondent mes frères à l'unisson.

Elle se tourne vers moi.

— J'ai hâte de voir jusqu'où monteront tes enchères. Les filles sont survoltées. Tu passeras en dernier pour faire durer l'excitation.

J'acquiesce en affichant une mine de circonstance en dépit

du courage qu'il me faut mobiliser pour tenir toute la soirée. *Pourvu que Ruby soit là.*

— Nous allons faire monter les enchères en flèche pour toi, Anna, dit Lucas.

Oscar se penche pour ajouter à voix basse :

— Nous avons lancé nos propres paris.

— Phillip va assurer, commente Adrian.

— J'aime votre état d'esprit ! s'exclame Anna, tout sourire.

Puis elle gratifie chacun d'entre nous d'une accolade et nous embrasse sur la joue.

— Je vous adore, les gars. Vous êtes les grands frères que j'aurais aimé avoir, sauf toi, Adrian puisque nous sommes du même âge. Tu serais mon jumeau ou mon triplé, j'imagine, étant donné que Silvia est déjà ta jumelle. Bref, bonne chance à tous !

Mes frères sourient en acquiesçant. J'essaie de ne pas m'attarder sur la perspective d'être réduit en charpie par une foule en délire.

— Gabriel sera là ? demande Lucas sur un ton désinvolte.

Je comprends le sens de sa question. Il se dit que la participation de Gabriel bouleverserait les paris.

— Bien sûr ! s'exclame Anna. Nous formons une équipe. Il est avec votre mère en ce moment, à essayer de lui expliquer pourquoi cette vente aux enchères est une idée formidable. Je crois que j'ai omis de le mentionner.

Évidemment, « oublié ». Comme elle avait oublié de me parler de cet événement jusqu'à la dernière minute. Elle est retorse, cette femme, mais je dois avouer que c'est d'une efficacité redoutable.

Elle franchit les rideaux en trombe et lance à ses amies :

— Qui est prête à faire la fête ?

Les femmes laissent exploser leur enthousiasme. La musique hurle à plein volume dans les haut-parleurs des deux côtés de la scène, dans un rythme grave et régulier. Oscar et Lucas commencent à bouger sur la musique, ajoutant à leur chorégraphie des mouvements du bassin suggestifs. Devant mon visage atterré, Adrian se fend d'un sourire.

Soudain, l'idée me vient qu'Anna a peut-être utilisé le

nom de Ruby pour m'attirer parce qu'elle sait que nous nous sommes rapprochés. Il se pourrait même qu'elle ait inventé cette histoire d'enchère sur Adrian. Aurais-je été manipulé ?

Après tout, je pourrais bien m'intéresser à l'une de ces femmes en délire.

~

Ruby

Ces filles sont excellentes ! J'ai l'impression de débarquer dans une fête qui bat son plein avant même que l'alcool ne soit servi. Je suis ravie qu'Anna m'ait invitée à passer une semaine de plus avec elle. Non seulement cela me donne du temps pour rattraper le temps perdu et faire enfin la connaissance de son mari, mais je rencontre également ses amies. J'étais avec Anna quand elle leur a fait visiter la suite royale tout en chantant mes louanges. Elles ont toutes demandé mon numéro en jurant qu'elles auraient besoin de mon avis sur leur intérieur dès que nous serions de retour au pays. J'en aurais pleuré. Seize clientes potentielles d'un seul coup. Ce que je prenais pour une cause perdue pourrait bien devenir une véritable carrière, tout compte fait. Je parviens enfin à prouver ma valeur en tant qu'entrepreneure. Quel changement après m'être considérée comme une ratée. J'étais au plus mal avant ce voyage, à me morfondre chez moi sans perspectives. Maintenant, tout me sourit, comme si le soleil perçait enfin après un enchaînement de journées pluvieuses. Je retrouve presque mon énergie d'avant.

D'ailleurs, j'ai commencé à aller mieux dès l'instant où je suis arrivée ici. Les délais serrés m'ont peut-être forcée à me concentrer sur le travail et à libérer mon esprit des pensées sombres du passé. Peut-être est-ce Phillip. Malgré sa réputation de tombeur, qui pourrait franchement me refroidir, j'ai appris à l'apprécier. Tous mes sens sont en éveil dès qu'il s'approche de moi. Oh, de toute façon, je ne suis pas dupe : j'en pince sévèrement pour cet homme.

— On échange nos places ? me demande Ashley, une

femme aux cheveux d'un blond de miel, en se penchant vers moi.

Je sens l'alcool dans son haleine. C'est une avocate d'affaires. J'ai appris un maximum de détails sur mes futures clientes potentielles.

— J'aimerais être assez près pour pouvoir les toucher en tendant la main, explique-t-elle en gloussant.

Je la regarde, bouche bée.

— Euh, je crois que nous ne sommes pas censés les toucher.

Elle éclate de rire.

— C'est peut-être eux qui me toucheront. Je pourrais leur montrer mes seins.

Elle commence à soulever son chemisier pour m'en faire la démonstration, mais je pose une main sur la sienne pour l'en empêcher.

Je pense à Phillip exposé sur la scène et je ne peux contenir mon indignation.

— C'est un rencard qui est vendu aux enchères, *c'est tout.*

— Oh, là, là, lâche-toi un peu !

Elle agite ses cheveux, se lève et contourne le podium pour aller s'asseoir de l'autre côté.

Zut, je viens peut-être de perdre une cliente potentielle. Cette inquiétude est balayée par mon indignation pour Phillip et ses frères. Ces hommes participent seulement à une collecte de fonds et ils ne devraient pas avoir à redouter des mains baladeuses. Je sais que Phillip n'apprécierait pas. Il se comporte avec une certaine dignité princière. Je ne connais pas ses frères, en revanche, Lucas et Oscar semblent plutôt dragueurs. Bien sûr, il y a des vigiles. Douze gardes du corps au total, deux par tête royale, les quatre princes, le roi et la reine. Anna m'a confié qu'ils n'avaient pas vraiment besoin d'un personnel de sécurité aussi important pour un événement confidentiel au palais, mais quand ils ont appris ce qu'elle prévoyait de faire, ce sont les gardes eux-mêmes qui ont tenu à être présents. Parce que la soirée promet d'être divertissante, à tout le moins. *Les hommes.*

Progressivement, les femmes rejoignent leurs sièges. Tout le monde a un verre à la main. Je suis au dernier rang avec le même verre de sauvignon blanc que j'ai pris au cocktail tout à l'heure. Je me restreins, car je suis un poids plume. Des serveurs circulent pour remplir nos verres inlassablement.

Enfin, les portes de la salle de bal s'ouvrent et un domestique annonce :

— Le roi Gabriel et la reine Anna.

Un silence retombe sur la salle. Avec cette annonce officielle, je suis frappée par l'importance du nouveau rôle d'Anna. Je l'ai vue tout à l'heure et c'était ma copine Anna de Tampa. Elle a quitté la salle de bal un peu plus tôt pour aller apaiser les craintes de sa belle-mère, qui est bien plus collet monté qu'Anna et, apparemment, voyait d'un mauvais œil cette vente aux enchères.

Elle agite la main pour saluer l'assistance, un sourire aux lèvres. Gabriel demeure imperturbable, la posture raide et altière. Il porte un costume gris anthracite sans cravate. Je suppose que c'est une tenue décontractée pour lui. Il pose une main dans son dos et l'accompagne sur le podium en direction de la scène, où elle annoncera l'événement. Elle se tourne vers lui, se hisse sur la pointe des pieds et dépose un baiser sur ses lèvres. Il sourit en s'asseyant au premier rang, bien plus avenant que lorsque je l'ai rencontré plus tôt dans la journée. Ce doit être l'influence d'Anna.

Cette dernière fait signe au DJ sur le côté de la salle de baisser la musique et elle s'empare d'un micro sans fil.

— Vous m'entendez ?

— Oui ! répond la foule en chœur.

Certaines poussent même des sifflements admiratifs.

— Très bien ! Que la fête commence !

Anna interpelle un domestique qui baisse l'intensité de la lumière.

— Le premier prince célibataire mis à prix est Adrian Rourke. Applaudissez notre premier beau gosse !

Adrian franchit le rideau et lève une main vers nous. Il porte une chemise blanche avec un jean noir et des baskets montantes noires.

Anna passe en revue ses caractéristiques tandis qu'il évolue sur le podium. Je n'en perçois que quelques bribes, parce que les femmes s'égosillent.

« Un mètre quatre-vingt-trois de… »

« Il a une sœur jumelle, donc il comprend les femmes… »

« Premier de sa promotion à l'université… »

« Adore le poker, y compris le strip-poker… »

Les femmes se déchaînent ! Le reste de sa biographie se noie dans le tumulte et Anna finit par laisser tomber. Il affiche un sourire taquin, manifestement à l'aise d'être ainsi au centre de l'attention. Il se retourne et revient en sens inverse sur le podium jusqu'à la scène, où il adresse un signe de tête à Anna.

— Commençons les enchères ! propose-t-elle.

Adrian lève les bras pour nous motiver. Le vacarme est assourdissant – elles hurlent, sifflent, tapent des pieds.

— Les enchères commencent à cinquante euros ! s'écrie Anna par-dessus la cacophonie.

Je lève la main.

— Cinquante !

Ma seule et unique enchère de la soirée. J'ai accepté d'être la personne désignée pour lancer les hostilités.

Anna me sourit.

— Nous avons cinquante !

— Mille ! crie quelqu'un.

— Deux mille !

Ça continue ainsi dans une escalade folle. Waouh, cette collecte de fonds s'annonce fructueuse. Attendez de voir le dernier prince, le beau gosse royal. Les femmes auront de l'écume aux naseaux. Je frémis en imaginant Phillip en tête à tête avec l'une de ces furies. Je n'ai aucun droit de me montrer possessive envers lui, mais après avoir passé la semaine à ses côtés, j'ai aperçu son côté tendre. Il n'a pas envie d'être malmené par une femme agressive.

Les enchères ralentissent aux alentours de cinq mille euros et Anna rejoint Adrian tout en les encourageant.

— Allez, les filles ! Ce prince a tout ce qu'il faut : il est intelligent, il est beau et c'est un très bon danseur !

Le DJ opte pour une musique suave et rythmée et les deux commencent à se déhancher ensemble. C'est *torride*. Ils bougent avec sensualité, proches sans se toucher. Adrian la couve d'un regard de braise. Gabriel aboie quelque chose depuis son siège et Anna se tourne vers lui pour lui envoyer un baiser, puis elle s'écrie :

— Allez, Adrian !

Elle reprend sa place sur le podium et il danse seul, levant les bras et ondulant du bassin. Il s'avance, croise le regard d'une femme au premier rang et soulève lentement l'ourlet de sa chemise, révélant ses abdominaux. Bon sang, il est tonique. Ils doivent avoir un coach privé au palais, parce que Phillip est tout aussi affûté.

La femme à qui il a montré ses abdos bondit de son siège.

— Six mille !

Adrian laisse retomber sa chemise et repart pour un tour sur le podium. Les enchères sont folles. Ashley, la femme aux mains baladeuses, se penche pour attraper le mollet d'Adrian. La sécurité réagit au quart de tour, mais le prince secoue la tête. Il s'accroupit devant elle et lui prend la main, dont il embrasse le dos. Il lui chuchote quelque chose à l'oreille et elle sourit en s'adossant dans son siège.

Puis elle propose dix mille.

C'est terminé. Adrian est adjugé pour dix mille euros. Il envoie un baiser à la ronde et agite la main avant de tourner les talons pour franchir le rideau en fond de scène.

— Wouhou ! s'écrie Anna. Applaudissons encore Adrian !

Le public en liesse tape dans ses mains tandis qu'il disparaît en coulisses. Aussitôt, les serveurs arrivent pour remplir à nouveau nos verres. Ils se souviennent de ce que chacune a commandé plus tôt dans la soirée et ils nous apportent la même chose. Je n'ai pas touché à mon verre de vin et j'en refuse un second. C'est du bon, en tout cas. Très généreux.

Anna lève une main pour réclamer le silence, puis elle annonce le prince suivant.

— Le prochain est Oscar, dont certains affirment qu'il aurait dû recevoir le surnom de beau gosse royal. Voyons si vous êtes de cet avis.

Oscar soulève les pans du rideau dans un grand geste et ouvre les bras. Il porte une chemise bleu marine, un pantalon de costume gris foncé et des chaussures en cuir. Élégant, chic et sophistiqué.

— Bonsoir, les filles ! s'exclame Oscar. Laquelle d'entre vous aura de la chance ce soir ?

Bon, peut-être pas sophistiqué, tout compte fait. Cela dit, cette phrase d'accroche provocante a le mérite d'être efficace. C'est la folie dans la salle. Les femmes bondissent de leurs chaises, les mains en l'air.

— Moiiii !

— Je suis en veine ce soir !

— Trop beau !

Il tend le doigt vers différentes femmes de l'assistance avec une expression intense et enjôleuse, la main sur son cœur comme si ces compliments le touchaient. Oh, il est très doué à interagir ainsi avec le public.

Oscar sourit et les femmes poussent un soupir, se pâmant à l'unisson. Ses yeux pétillent quand il les regarde.

— Je vous aime toutes ! Vous êtes fantastiques, merci d'être venues pour une bonne cause !

Il ponctue sa phrase d'un sourire coquin et commence à déboutonner sa chemise.

Les cris et les applaudissements sont assourdissants tandis qu'il passe d'un bouton à l'autre. Une fois que sa chemise est entièrement ouverte, il s'avance sur le podium. Le tissu joue à cache-cache avec ses pectoraux bien dessinés et ses abdominaux saillants.

La foule est en délire ! Les hurlements stridents me percent les tympans !

Anna s'écrie par-dessus le raffut :

— Commençons les enchères ! J'entends mille par là-bas ?

Oh, oui. Les enchères montent rapidement : trois, cinq, sept mille.

Oscar en rajoute. Il lève les bras et esquisse des torsions du bassin franchement torrides tout en regardant dans les yeux la femme qui a enchéri en dernier. Le public est débridé. Cet homme sait chauffer une foule, en tout cas. Je suis incapable de détourner le regard du spectacle sexy à la fois exagéré et captivant. Depuis la scène, il nous invite à prendre du plaisir avec lui.

Les enchères culminent à douze mille. Bon sang ! Est-ce qu'elles savent que ce sont des euros ? C'est encore plus que douze mille dollars américains. L'argent ne représente peut-être rien pour elles. Anna a dit qu'elles avaient toutes des carrières florissantes.

Une autre tournée de boissons circule et les femmes bavardent avec enthousiasme et animation. De mon côté, j'ai du mal à profiter pleinement de la soirée en sachant que Phillip sera bientôt là-haut, à se faire reluquer jusqu'à ce qu'une autre que moi remporte le rendez-vous. C'est laid, la jalousie. J'aimerais être au-dessus de ça.

Le prochain à monter sur scène est Lucas, avec sa barbe sexy. Déterminé à ne pas se laisser distancer par ses cadets, Lucas apparaît avec un blazer qu'il s'empresse de quitter, le faisant tournoyer au-dessus de sa tête avant de le lancer sur le public pour rester en bras de chemise.

Une femme se lève d'un bond pour s'en emparer.

— Cinq mille ! s'écrie-t-elle, la veste bien serrée dans sa main.

Ça alors. Anna n'a même pas déclaré les enchères ouvertes.

Lucas fait un grand geste pour inciter ces dames à élever les enjeux, puis il entreprend de déboutonner sa chemise en commençant langoureusement par le premier bouton. Il s'arrête, se penche vers le public et susurre :

— Je continue ?

— Oui !

— Enlève tout !

— À poil, à poil, à poil !

Anna en profite :

— J'entends six mille de ce côté-là ?

— Six mille ! confirme immédiatement quelqu'un.

Avec lenteur, il passe au prochain bouton tandis que les propositions affluent. Puis il s'éloigne sur le podium, prenant quelques pauses pour serrer les mains qu'on lui tend avidement. Nous sommes toutes debout. Je me suis jointe au mouvement pour la simple raison qu'à cause de ma taille, je ne pourrais rien voir du tout si je restais assise. Bon, d'accord, il est à tomber, ce qui ne gâche rien. Est-ce la barbe ? L'assurance sensuelle ? Peu importe !

— Il ne reste que deux princes à satisfaire, déclare Anna. Qui sera l'heureuse élue ?

Lucas se retourne au centre de la scène, pose les doigts sur le prochain bouton de sa chemise entrouverte et s'interrompt à la dernière seconde.

— Encore ?

— Oui ! hurlent les femmes.

— J'attends douze mille, dit-il en souriant.

— Douze mille ! Oui ! répond une cliente.

Alors, il arrache sa chemise d'un coup sec, faisant voler les boutons. Des muscles sculptés et bronzés, du torse jusqu'aux abdos. Waouh.

Instantanément, les enchères montent en flèche, atteignant rapidement des niveaux inédits !

Il referme sa chemise avant de dévoiler un pec. Une femme hurle comme une adolescente dans un concert de rock. Elles rêvent toutes de faire main-basse sur lui, et pour s'en assurer, elles enchaînent les propositions, beuglant son prénom et des montants toujours plus élevés.

Sur scène, il fait signe au public de monter les enchères. Chaque fois qu'il y parvient, il nous offre un aperçu de ses abdos.

Enfin, il referme sa chemise et nous envoie un baiser. Puis ses mains se posent sur sa boucle de ceinture. Un frisson parcourt l'assistance, entraînant un déferlement d'enchères fébriles. Il les a habituées à obtenir une petite récompense à chaque nouvelle proposition. Il ne va pas vraiment le faire, n'est-ce pas ? Je suis incapable de détourner le regard.

Une voix fuse :

— Vingt mille !

Cette femme complètement dingue se rue sur la scène pour recevoir son prix.

La meute débridée la suit de près, ajoutant à la surenchère tandis que les gardes du corps de Lucas passent à l'action.

Quant à lui, il reste planté là, tout sourire, content de son petit effet.

7

Il y a un bref entracte après l'émeute causée par mon fanfaron de frère. On a immédiatement ramené Lucas en coulisses tandis que les seize femmes en chaleur étaient raccompagnées à leurs sièges. Ruby est restée à sa place, au-dessus de la mêlée. Heureusement qu'elle est là. Gabriel a fait irruption en coulisses, comme nous l'avions prédit. Il ne supporte pas l'exubérance et Lucas est allé trop loin. Anna a convié les femmes à se retrouver autour du buffet où des apéritifs attendent sur une longue table. Elle leur parle d'une voix forte, mais je ne discerne pas les mots. J'espère qu'elle leur annonce que je ne monterai pas sur scène si elles sont incapables de se contrôler.

Lucas reste imperturbable tandis que Gabriel lui passe un savon. Ce n'est pas la même chose que de recevoir un sermon de notre père. C'est tout de même son grand frère, qui l'a toujours protégé contre une réalité parfois plus dure pendant toute sa vie. Quoi qu'il en soit, je sais que Lucas cherchait à gagner le pari et que si je ne surpasse pas vingt mille dollars, il le remportera. Mes frères n'ont même pas parié une forte somme, à peine quelques centaines d'euros. C'est le principe. La rivalité entre frères est une tradition dans la famille Rourke. Mes sœurs sont plus mesurées, car ma mère les a éduquées avec plus de rigueur. Mon père passait beaucoup de choses à ses fils (à l'exception de Gabriel, l'héritier) car il retrouvait en nous le frère cadet qu'il était. Cependant, quand ma mère mettait le holà à nos chamailleries, mon père se rangeait de son avis et ses leçons sévères étaient douloureuses après une telle désinvolture. Chaque fois que mon père se fâchait, nous avions intérêt à filer doux.

Je doute de dépasser la meilleure enchère de Lucas. Je ne ferai pas de strip-tease. Quel que soit le meilleur prix, je ferai un signe à Anna et elle y ajoutera un petit montant afin que Ruby puisse remporter le tête-à-tête avec moi.

Gabriel quitte enfin les coulisses en se plaignant de « l'hystérie collective ».

Le volume augmente alors que les femmes reviennent s'asseoir. La musique diffusée par le DJ est assourdissante, sans doute pour conserver une certaine énergie.

Adrian me rejoint.

— Tu pourrais montrer un peu de peau quand tu seras sur scène.

Il espère toujours gagner le pari, et c'est sur moi qu'il a misé son argent.

— Les princes ne se déshabillent pas pour divertir la foule.

Mon frère me désigne en précisant :

— Tu la divertis déjà en tant que beau gosse royal. Donne-lui un truc en plus pour faire monter les enchères.

Je commence à détester ce titre. Je ne suis pas qu'un beau gosse royal.

— Je ne suis pas à vendre.

Il esquisse un sourire.

— Juste pour ce soir. C'est une bonne cause, ne l'oublie pas. Donne tout ce que tu as. J'ai confiance en toi.

— Tu as surtout parié sur moi. Nuance.

— Sémantique.

— Dégonflé, m'accuse Lucas.

— Laissez-le perdre, lance Oscar.

— Tu pourrais au moins te déhancher un peu ? tente Adrian. Je sais que tu pourrais largement gagner si tu t'en donnais les moyens.

Mon petit frère qui insiste pour que je me déhanche. Bizarre.

— Non.

Anna revient en coulisses.

— Bon, les gars, Gabriel n'est pas content.

Elle prend une grande inspiration avant d'ajouter :

— C'est le moins qu'on puisse dire. Lucas, je n'en reviens pas ! Tu allais vraiment retirer ton pantalon ?

Lucas répond avec nonchalance :

— Je voulais les chauffer un peu et faire monter les enchères. J'ai à peine touché ma ceinture. Ça a fonctionné, non ?

Anna s'énerve et parle avec les mains.

— Hier, je t'ai demandé de rester raisonnable ! Si je voulais montrer vos fesses au public, je vous aurais donné des strings !

Mes frères ricanent.

— Je n'ai pas montré mes fesses, répond Lucas avec gravité.

Cette fois, mes frères éclatent de rire.

Anna est mécontente. Elle fronce les sourcils.

— Gabriel m'a menacé de tout annuler et de virer mes clientes manu militari si je ne les contrôlais pas. Il reste encore Phillip et vous savez qu'avec sa réputation de beau gosse royal, c'est le clou du spectacle. Nous ne pouvons pas écourter la soirée.

Je me tourne vers elle.

— Ne t'inquiète pas. Gabriel sait que je resterai correct. Lucas mettait ces dames à l'aise, c'est tout.

Mes frères acquiescent et Anna passe la main sur ses cheveux.

— Tu as raison, mais je ne l'ai encore jamais vu aussi furieux. J'ai dû le dissuader de leur hurler dessus.

Elle apprend encore à connaître Gabriel, son nouveau mari, et elle ne mesure pas encore l'ampleur de ses tendances guerrières.

— Tu es consciente que tu as épousé une relique, j'espère ! lui dis-je.

Elle s'étonne.

— Une relique ? Il n'a que trente ans.

— Il me fait penser à nos ancêtres vikings. Il aurait dû être roi guerrier. Demande-lui, il l'a toujours dit. Tu dois comprendre qu'il est comme ça à l'intérieur, et tout le reste, le protocole royal et les coutumes, ce sont des choses qu'il respecte uniquement parce qu'il a une volonté de fer.

Autrefois, je pensais qu'il avait le sens du devoir, jusqu'à ce qu'il m'expose récemment quelle serait ma vie si je prenais sa place en tant que roi (au cas où il abdiquerait pour épouser Anna, une roturière). Mes parents ont cédé et ont autorisé le mariage parce que Gabriel avait été élevé depuis le début pour devenir roi et qu'aucun de nous n'était préparé. De plus, ils comprenaient son amour, car eux-mêmes avaient connu un mariage uni.

Anna paraît songeuse.

— Tu sais, ça explique beaucoup de choses. Un roi guerrier.

Elle se dresse sur la pointe des pieds et m'embrasse sur la joue.

— Merci, Phillip. Tu vas assurer. Fais ce que tu veux, je te fais confiance.

Je penche la tête.

— Tu as bien raison. Pourrais-tu demander à la sécurité de rester près du podium ?

— D'accord, répond-elle avant de franchir le rideau.

— Sérieusement, tu as peur d'un petit groupe de femmes ? demande Oscar.

— Elles sont inoffensives, m'assure Adrian. Elles veulent seulement nous connaître. Nous sommes tout nouveaux pour elles.

Je croise les bras.

— Je n'ai pas peur. Seulement, j'aime mieux ne pas me faire persécuter. L'une d'elles m'a déjà arraché la poche du pantalon comme souvenir. Elles sont bien capables de déchirer ma chemise ou de me tirer une mèche de cheveux.

— Et il a de si belles mèches, lui aussi, plaisante Lucas en m'ébouriffant.

Je lui frappe la main.

— Dégage. Si tu n'avais pas joué au tombeur de ces dames, nous n'aurions pas une émeute sur les bras.

— Oh, pitié, dit Lucas. Ce ne sont que seize femmes.

— Dix-sept. Ruby est là.

Lucas sourit.

— Aha, je vois où tu veux en venir.

Il se tourne vers Oscar et Adrian.

— Vous avez entendu comment il a prononcé son nom ?

Adrian intervient :

— Tu crois qu'elle a le budget pour remporter la mise ?

Il est toujours focalisé sur son pari.

Je n'ai pas envie de leur exposer mon coup de pouce pour l'aider à gagner.

— Peut-être.

Brusquement, Adrian disparaît. Bon sang, où est-il parti ? Il ne va tout de même pas baratiner Ruby, si ? Tout l'intérêt de ma présence ce soir était de maintenir Adrian à distance.

La voix d'Anna porte dans le micro :

— Si vous voulez retourner vous asseoir ! Nous sommes prêts pour le beau gosse royal…

Elle est interrompue par un concert de hurlements haut perchés. Les talons claquent sur le sol tandis que les femmes se ruent vers leurs sièges. Pour calmer le jeu, c'est raté. Au contraire, ce bref entracte n'a fait qu'accentuer la ferveur générale. La musique baisse de volume, mais persiste sur un rythme sensuel. Je commence à transpirer et je passe une main dans mes cheveux. Cela ressemble trop à une représentation et je n'ai jamais été un homme de scène. Le un à un, sortir avec quelques amis en soirée ou en boîte, super. Mais monter sur scène devant un public, très peu pour moi.

Je jette un œil vers la sortie, les muscles des jambes tendus, prêt à décamper.

Non, c'est pour une bonne cause. Pour Anna. Pour Villroy. Pour ma jalousie insensée.

— On l'appelle ? demande Anna à la cantonade.

— Oui ! hurlent les femmes.

J'inspire en m'efforçant de me calmer.

Anna baisse la voix :

— Montrez-lui à quel point vous êtes impatientes de le voir. Beau gosse royal, beau gosse royal…

Les femmes reprennent en chœur. J'entendrai éternellement ce chant dans mes cauchemars. Elles le reprennent de plus en plus fort.

De la manche de ma chemise, j'essuie mon front en sueur.

Anna doit crier à pleins poumons pour se faire entendre par-dessus le concert de voix.

— Le voici, le seul, l'unique, l'homme du moment, le beau gosse royal !

Je suis incapable de bouger.

Quelqu'un me bouscule dans le dos. Je me retourne et repousse Lucas. Oscar se joint à nous et, ensemble, ils parviennent à me pousser en avant. Je me débats violemment et nous nous disputons pendant un bref instant, à deux contre un. Je suis furieux au point de m'énerver. Brusquement, ils me lâchent et le silence retombe dans la salle. *Oh-oh.*

Je jette alors un coup d'œil par-dessus mon épaule. Le rideau s'est levé, révélant notre petit échange musclé.

— Allez, Phillip, dit Anna. Nous n'allons pas te mordre.

Les femmes éclatent de rire.

Je m'avance, les jambes raides, et le rideau se referme derrière moi. Je suis certain de paraître plus ronchon que sexy ou même abordable, mais c'est plus fort que moi. Je n'apprécie pas que mes petits frères essaient de me diriger. Je me fiche qu'ils ne soient plus vraiment petits. Je suis l'aîné et je mérite leur respect.

Anna fait signe au DJ de baisser la musique.

— Et maintenant, mesdames, avant d'en venir aux enchères, j'aimerais que vous sachiez que c'est un honneur d'avoir Phillip ce soir avec nous. Au début, il n'était pas convaincu par mon idée, mais je l'ai rallié au côté obscur.

Les femmes poussent des cris encourageants et des sifflements.

Anna me sourit. Je ne parviens même pas à ébaucher le moindre sourire forcé. Je reste planté sur la scène devant une meute de femmes fébriles qui rêvent de me dévorer tout cru. Elle se retourne vers le public.

— Il a tout pour lui, mesdames. Il aime les femmes…

— On t'aime, Phillip !

— Je t'aime !

— Aime-moi !

Anna poursuit :

— Et il est très engagé dans les œuvres caritatives pour permettre aux communautés défavorisées d'accéder à l'eau potable. Non seulement il est leur porte-parole, mais il agit sur le terrain, il se rend dans les villages, il rencontre les chefs de tribu, il passe du temps avec leurs peuples et il contribue à faciliter les échanges. Il est généreux, il fait le bien par conviction. Alors, présentons-le tel qu'il est vraiment, un prince parmi les hommes, un prince de rêve.

Grand silence.

Puis une voix s'écrie :

— Super !

Mon regard se fixe sur Ruby assise près du podium, au dernier rang. Elle se penche dans l'allée et je vois son beau visage.

— Merci, Ruby !

Elle sourit et lève les pouces pour m'encourager.

Anna me fait signe d'avancer sur le podium.

— J'entends cinquante ?

Waouh, c'est une enchère très basse après les sommes folles proposées pour Lucas. Elle croit peut-être que la foule a perdu son intérêt pour l'homme que je suis vraiment. Je suis un prince de rêve. C'est infiniment mieux que le titre avilissant que l'on me donnait jusqu'à présent.

Ruby lève la main.

— Cent.

Elle mise sur moi. Mon cœur se gonfle de fierté. C'est plus que ce qu'elle a proposé pour Adrian, même si elle est fauchée. Elle me désire.

— Que diriez-vous de deux cents ? demande Anna.

Je n'ai d'yeux que pour Ruby en avançant sur le podium avec ma chemise, mon pantalon en cuir et mes bottes. Voici un prince de rêve intégralement habillé. C'est clairement plus facile d'évoluer sur scène, les yeux rivés sur sa chevelure blonde familière qui effleure les épaules de son pull rose vif au col en V. Ses yeux brillent et un sourire illumine son visage, rien que pour moi. Je suis vaguement conscient des femmes qui hurlent des nombres autour de moi. Des milliers.

Enfin, j'arrive près d'elle et je m'agenouille.

— Merci pour cette enchère généreuse.

Ses joues rosissent.

— Oh, ce n'est rien. Malheureusement, je suis fauchée.

Je me penche et je murmure :

— C'est l'intention qui compte.

Nous nous sourions et une douce chaleur se répand à travers moi, apaisant aussitôt mes nerfs.

Je me redresse et j'ouvre grand les bras pour saluer mes admiratrices.

— Vous assurez, mesdames ! Quelle cause fantastique ! Jusqu'à combien pouvons-nous aider Anna dans ce fabuleux projet ?

Aussitôt, Anna intervient :

— J'entends dix mille par là-bas ?

Je me retourne et reviens en direction de la scène, ravi que nous ayons presque terminé. Je rencontre le regard d'Anna et je croise les doigts, la main le long du corps. Elle reçoit le message et brandit son téléphone portable.

— Je viens de recevoir une enchère anonyme. Onze mille.

— Onze mille cent, riposte une femme aux cheveux noirs et lisses.

Je garde les doigts croisés pour lui indiquer de continuer.

— Onze mille deux cents chez l'anonyme, dit Anna.

— Douze mille, s'exclame la femme.

Les montants atteignent des sommets de plus en plus élevés. Je persiste à croiser les doigts même quand les sommes deviennent vertigineuses.

— Cinquante mille, dit enfin Anna.

Silence.

— Cinquante mille à l'acquéreur anonyme ! s'exclame-t-elle. Waouh ! Bien joué, mesdames ! Et merci à toi, Phillip !

Je penche la tête. Je viens de donner cinquante mille euros de mes finances personnelles à la cause, mais vous savez quoi ? Ça ne me dérange pas. C'est un investissement pour Villroy. D'ailleurs, je donnerai même plus que ça. Et j'ai obtenu ce que je voulais : Ruby.

— Bon, tout le monde, nous allons déplacer les chaises et nous lâcher un peu ! enchaîne Anna.

La musique reprend à plein volume et les projecteurs de la scène s'éteignent. Je retourne en coulisses. Il n'y a personne. Mes frères ont déjà rejoint la foule. À mon tour, je me rends dans la salle pour jouer le jeu social, escorté par mes gardes. Je balaie l'assistance du regard à la recherche de Ruby. Quand je l'aperçois, elle marche dans ma direction.

— Tu as réussi sans causer d'émeute, dit-elle en souriant. Bon boulot.

— Merci, dis-je en ricanant.

Elle retrouve son sérieux pour demander :

— Alors, euh… Sais-tu qui est cette donatrice anonyme qui a remporté un rencard avec toi ?

Je lui adresse un petit sourire énigmatique.

— Anonyme.

— Tu ne la connais pas ?

Je me penche alors pour murmurer à son oreille :

— J'ai enchéri moi-même par l'intermédiaire d'Anna. C'est toi qui as gagné.

Je recule pour évaluer sa réaction. Elle a l'air ébahie, ses yeux verts écarquillés et sa bouche grande ouverte. Je me crispe. Zut. Elle ne veut peut-être pas sortir avec moi, après tout.

Je m'apprête à préciser que ce serait purement platonique, sans pression, quand elle se récrie :

— Phillip, tu as misé cinquante mille euros ! C'était censé être une collecte de fonds par des ressources extérieures.

Je m'autorise un soupir de soulagement et tous mes muscles se détendent. Elle s'inquiétait uniquement pour l'argent.

— Villroy est mon héritage. C'était évident que j'y contribuerais.

Elle se frotte le cou et me lance un coup d'œil en coin.

— Tu devais avoir très envie de sortir avec moi. Tu aurais pu me le demander, tu sais.

Je baisse d'un ton pour lui répondre :

— J'essayais aussi d'éviter toutes ces croqueuses d'hommes. Elles sont complètement siphonnées.

Et je voulais te maintenir à l'écart d'Adrian, ai-je envie d'ajouter. Je sais qu'il ne l'a pas encouragée à enchérir. Elle s'est arrêtée à cent. Que faisait-il ?

Elle éclate de rire.

— Elles sont sympas. Je crois qu'Anna les a laissé trop boire avant de leur servir à manger. Alors, hop là ! fait-elle avec un grand geste. Envolées, toutes les inhibitions !

— C'est le moins qu'on puisse dire.

Quelqu'un me tape dans le dos. C'est Adrian, tout sourire. Je savais qu'il s'agissait d'un membre de la famille, les gardes n'auraient laissé personne d'autre m'approcher. Je n'étais pas escorté quand on m'a arraché la poche du pantalon, mais c'était une erreur.

— Tu as gagné haut la main ! s'extasie-t-il.

Et lui, il a gagné son pari. Rien ne l'enthousiasme plus que la victoire.

Je plisse les yeux.

— Où étais-tu ? As-tu bidouillé les enchères ?

Il me fait un clin d'œil.

— Qui, moi ?

— Adrian !

— Du calme, c'était pour la bonne cause.

Il a sans doute orienté la femme aux cheveux noirs.

Je lui donne un coup d'épaule.

— Tu devrais participer financièrement, toi aussi.

— Je vais le faire. Comme nous tous.

Son regard alterne entre Ruby et moi, puis il ajoute :

— Phillip, espèce de cachottier, c'est toi l'acquéreur anonyme, je me trompe ?

Mon cou s'embrase. C'est une chose que Ruby le sache, mais c'en est une autre que mes frères moqueurs soient au courant.

— C'était anonyme.

Il sourit.

— Phillip, Phillip, Phillip, j'ignorais que tu étais aussi romantique.

Il se tourne vers Ruby pour lui demander :

— Qu'en penses-tu ? Vaut-il vraiment cinquante mille euros pour un rencard pourri ?

— Pourri ? protesté-je.

Ruby sourit, espiègle.

— Il n'y a qu'un moyen de le découvrir.

Puis elle passe les bras autour de ma taille pour m'étreindre. Je pose un bras sur ses épaules et je lui rends son élan d'affection.

Adrian secoue la tête.

— Ça devient une tradition dans la famille Rourke de craquer pour des Américaines. D'abord, notre oncle qui abdique pour une Américaine, puis Gabriel qui menace de suivre son exemple. C'est quoi, votre secret, les filles ?

Maintenant, la chaleur s'est propagée dans mon cou et a gagné le bout de mes oreilles. Mon cœur bat la chamade. Je ne peux nier qu'elle me plaît, même si j'ai tout essayé pour garder mes distances. Voilà qu'Adrian agite le drapeau rouge sous mon nez.

Ruby saisit la balle au bond.

— C'est parce que les Américaines sont tout simplement géniales.

Il ricane.

— C'est vrai.

Quand il se dirige enfin vers le bar, il ne tarde pas à être submergé par les femmes impatientes de l'approcher.

Je me tourne vers Ruby.

— Je ferais mieux de rejoindre les autres, reste à côté de moi.

— Oh, j'ai l'impression d'être l'un de tes gardes du corps, si ce n'est que je suis plutôt du genre : *Ne le touchez pas, mesdames, il est à moi*, fait-elle en riant. Après tout, je t'ai gagné.

Je ne peux m'empêcher de sourire. C'est peut-être une

bonne chose qu'Adrian ait mis les pieds dans le plat. Au moins, nous sommes sur la même longueur d'onde.

— C'est exactement le genre de protection dont j'ai besoin.

Je lui prends la main et j'entrecroise mes doigts avec les siens avant de prendre la direction du bar.

Immédiatement, les femmes forment une foule autour de moi.

— Où irez-vous en rendez-vous ? me demande la femme aux cheveux noirs qui a enchéri sur moi.

— À Paris.

Ruby pousse un petit cri.

— Dommage, j'aurais dû miser plus haut, répond la femme aux cheveux noirs. Adrian ne m'a donné que vingt-cinq mille.

Bon sang, ça veut dire qu'elle était prête à mettre plus encore. Le total correspond déjà à plus du double de Lucas et il m'a suffi de marcher tout habiller. Décidément, je suis l'homme avec un grand h.

— Il est à moi maintenant, dit Ruby en passant un bras autour de ma taille, appuyée contre mon flanc. J'étais la donatrice anonyme.

— Pourquoi étiez-vous anonyme ? lui demande-t-on. Vous étiez dans la salle.

Ruby se tourne vers moi.

— Elle est timide.

Je ne trouve rien de mieux. J'aurais peut-être dû conseiller à Ruby de ne pas dire qu'elle avait gagné, même si le mystère de l'acquéreur anonyme aurait été un sujet de conversation inévitable.

— La vérité, dit Ruby, c'est que j'étais un peu gênée par le gros coup de cœur que j'ai pour lui.

Je tourne la tête vers elle, mais elle garde les yeux rivés sur les femmes intriguées.

Elle continue.

— Nous avons parlé il y a quelques minutes, et il a été tellement aimable que je ne suis plus du tout gênée. Enfin, je le suis en ligne depuis des années…

— Moi aussi ! dit la femme.

D'autres se regroupent autour de nous pour partager leurs expériences de groupies sur les réseaux sociaux.

— C'est mon écran de veille, lance quelqu'un. Vous voyez la photo où il est sur la plage à Saint Bart ?

Je frémis intérieurement. Ces femmes discutent comme si je n'étais pas là.

— Laquelle ? Short de bain rouge ? Noir ?

— Noir. Mouillé et moulant.

— Hmm, miam.

— Oh, elle est super celle-là !

— On devine les contours de...

Elles gloussent en regardant mon entrejambe. J'attire Ruby devant moi et je passe mes bras autour de sa taille. Elle pose une main sur mon avant-bras et me le serre.

— Qu'avez-vous pensé de Lucas, les filles ? demande Ruby en changeant de sujet. Vous croyez qu'il se serait déshabillé encore plus si on ne lui avait pas sauté dessus ?

Elle est maline de s'inclure dans la mêlée pour les faire parler. En réalité, elle est restée assise sur sa chaise en permanence.

Aussitôt, les femmes se lancent et donnent leur avis sur les possibilités de strip-tease de mon frère et ce qu'il aurait pu révéler. C'est encore plus salace que lorsqu'elles parlaient de moi.

Je me penche pour embrasser Ruby sur la joue, savourant son sourire et ses fossettes. J'aime la sentir dans mes bras et je suis plus à l'aise que j'aurais pu l'être dans cette situation bizarre. J'aurais dû percevoir l'alchimie entre nous, mon besoin d'être près d'elle, ma jalousie inhabituelle. Je suis en train de tomber amoureux, même si c'est une impasse. Je n'arrive pas à me retenir et je glisse lentement vers l'impact. Elle est irrésistible.

8

Ruby

Je suis surexcitée, survoltée, bouleversée par le revirement de situation. D'abord, que Phillip veuille de moi au point de miser des sommes astronomiques pour m'offrir un rendez-vous avec lui. Et qu'Adrian ait suggéré que son frère soit amoureux de moi sans que ce dernier ne cherche à le démentir. Tous ces sentiments m'envahissent : l'affection, la chaleur, la profondeur des émotions. Non, c'est pire que ça. Nous sommes au bar depuis une heure maintenant, à bavarder avec les femmes et ses frères, et chaque fois qu'il se tourne et me sourit, mon ventre grouille de papillons. Ça frémit même au niveau de mon cœur, sans compter plus bas. J'ai tellement envie de lui.

Anna m'attrape par la main et m'entraîne avec elle.

— C'est ma chanson ! Sur la piste de danse, les filles ! Et vous aussi, les gars !

Je me joins à elle en riant. C'est *Can't Stop the Feeling* de Justin Timberlake. Exactement son genre de musique rythmée. Tout le monde s'en donne à cœur joie, à l'exception des gardes du corps et de Gabriel. Phillip s'approche de moi. C'est un bon danseur. J'ai vu des vidéos de lui dans différentes boîtes de nuit. Je m'apprête à danser avec lui et il se colle à moi, agitant les mains de part et d'autre de mon corps. Elle est électrique, cette chaleur entre nous.

Je lève les mains au-dessus de ma tête et je me lâche, ondulant sensuellement. Je me sens sexy pour la première fois depuis ma terrible déprime après la rupture. J'ai l'impression de ressusciter et j'ai envie de croquer la vie, de le croquer, lui.

Ralentis. Ce n'est qu'une danse, ce n'est qu'un rencard, ce n'est qu'une semaine.

Il passe un bras autour de ma taille et m'attire à lui. Sa jambe se glisse entre les miennes tandis que nous nous pressons l'un contre l'autre. Oh, oui ! Ses yeux aigue-marine sont dardés sur les miens, ardents et pleins d'assurance.

— Allô ! fait Anna en apparaissant à côté de nous. Vous voulez continuer dans la chambre, vous deux ?

Aussitôt, Phillip s'écarte. Je fusille Anna du regard.

Elle me décoche un coup d'œil éloquent. C'est un rappel. *Ne va pas croire que tu peux faire changer un tombeur. Il ne fera que te blesser.* Je détourne les yeux avec déni. En cet instant, c'est tout le contraire, je me sens bien avec Phillip.

Anna fait un grand geste pour inviter Gabriel à la rejoindre. Il la regarde depuis le bord de la piste.

— Allez, Votre Majesté, lance-t-elle. Ramenez votre auguste fessier par ici !

Phillip et moi échangeons un regard amusé. Anna m'a informée un peu plus tôt qu'elle n'était pas censée proférer de gros mots en public, en sa qualité de reine. En temps normal, elle aurait dit « cul ».

Je jette un œil vers Gabriel. Il a un sourire aux lèvres et son regard est chaleureux, mais il ne bouge pas.

Elle le rejoint en dansant et, un instant plus tard, il engage une valse avec elle. Ce n'est pas du tout le style de la chanson, mais Anna s'en fiche éperdument.

De mon côté, je danse toujours avec Phillip. D'autres femmes se sont regroupées autour de lui maintenant qu'il y a de la place. Son regard ne cesse de revenir vers moi et je suis incapable d'éprouver la moindre jalousie. Il est évident qu'il me désire tout autant que je le désire.

À présent, c'est un slow. Phillip m'interroge tout de suite

du regard. Il me prend la main et m'attire, glissant l'autre bras autour de ma taille. Il ne me demande pas si j'ai envie de danser avec lui. Il n'en a pas besoin.

Je jette un œil sur la piste. Ses frères ont tous trouvé une cavalière. Certaines femmes tournoient les unes avec les autres en riant, tandis que d'autres retournent au bar.

Phillip mène la danse avec subtilité, nous faisant lentement évoluer vers le bord. Toutes mes terminaisons nerveuses s'embrasent dans une attente impatiente. Il a sans doute envie de m'emmener dans un endroit plus intime, mais il finit par s'arrêter à distance du groupe, où nous continuons à danser.

— Allons-nous monter ensuite ? demandé-je de but en blanc.

— Non.

— Oh.

Je suis troublée. Il a prévu un tête-à-tête avec moi et il s'est montré affectueux pendant toute la soirée.

Sa voix est un murmure rauque à mon oreille :

— Ruby, je t'apprécie beaucoup, mais je pars dans une semaine et toi aussi. Je ne reviendrai pas avant très long-temps. Pour tout dire, je ne m'engage dans aucune relation. Je te trouve tentante, très tentante, mais je tiens à me comporter convenablement avec toi. Je veux être au-dessus de ma réputation.

Ma gorge se noue et je déglutis péniblement. Même en me rejetant, il le fait pour de nobles raisons. Je sais que je ne devrais pas fermer les yeux sur sa réputation amplement méritée, mais c'est très difficile de faire autrement alors qu'il est aussi honnête et direct. Il ne profite pas de moi, au contraire, il protège mes sentiments.

— Je ne cherchais peut-être pas une relation, tu sais.

Il m'attire contre lui.

— Tu le regretterais. Je te connais assez pour le savoir.

Je suis incapable de renoncer.

— J'ai peut-être seulement envie de m'amuser un peu, étant donné le peu de temps qu'il me reste ici. Une fois chez moi, je serai très occupée avec ma nouvelle entreprise. J'ai très envie de décoller pour pouvoir me payer mon propre chez-moi. Je vis avec mes parents depuis que j'ai perdu mon emploi. Bientôt, j'aurai une petite sœur et mes parents ont besoin de ma chambre.

Il recule pour me regarder dans les yeux.

— Une petite sœur ? C'est une belle différence d'âge.

— Je sais. C'est un petit miracle. Nous sommes tous fous de joie et je ne veux rien rater. C'est la sœur que j'ai toujours voulue.

Je prends une grande inspiration.

— Alors, peut-être pour une nuit…

— Nos chemins risquent de ne plus jamais se croiser et je ne veux pas te faire de peine.

Ma voix est à peine audible :

— Alors, rien qu'un rendez-vous ?

Il jette un œil par-dessus mon épaule.

— On peut passer du temps ensemble pendant ton séjour. En tant qu'amis.

La frustration est manifeste dans ma voix quand je réponds :

— Tu n'as pas été seulement amical ce soir.

— C'est plus fort que moi, mais je sais que c'est la bonne décision.

Il met un peu d'espace entre nous pour croiser enfin mon regard.

— Je veux te laisser un bon souvenir.

Je pousse un soupir exagéré.

— Tu es un vrai prince.

— Il faut croire, répond-il en riant avant de m'étreindre avec chaleur. Tu as toujours envie de sortir avec moi ?

J'affiche un sourire forcé, les yeux brûlants.

— À Paris ? Évidemment que je veux aller à Paris.

— Tant mieux, dit-il en continuant à danser.

— Alors, j'aurai droit à un baiser ce soir-là ?

Il hésite, mais il acquiesce :

— Bien sûr.

— Et à un pelotage en règle ?

Cette fois, il s'écarte franchement pour me regarder.

— Oh, Ruby. Tu es sur une pente glissante, j'en ai peur.

— Ne t'inquiète pas, je ne te brusquerai pas.

— C'est ma réplique, fait-il avec un rictus amusé.

Nous dansons en silence, l'un contre l'autre, brûlants et collés serrés en dépit de la frontière qu'il vient de tracer. Je ne crois pas pouvoir résister à la tentation. Phillip s'est changé en prince de rêve à mes yeux et je ne veux pas rater un seul instant. Comme je pars dans une semaine, il est d'autant plus urgent d'en profiter tant que je le peux encore.

Je me dresse sur la pointe des pieds pour murmurer à son oreille :

— Et si je te disais que, quoi qu'il arrive, nous ne garderons que de bons souvenirs ? Que les moments passés ensemble resteront dans ma mémoire pour ce qu'ils sont : une aventure passagère ?

Il s'immobilise et l'espoir jaillit en moi. Ses bras retombent le long de son corps et il recule.

— Ce ne serait pas aussi simple.

— Pourquoi pas ? Nous pourrions nous mettre d'accord.

Nous nous dévisageons. La distance entre nous, aussi courte qu'elle soit, me semble un gouffre impossible à franchir.

Soudain, Lucas apparaît.

— Alors, dépensière ! Il paraît que c'est toi qui as remporté Phillip. Ça te dirait de danser ? À moins que vous comptiez encore danser ensemble ?

Il regarde Phillip, à quelques pas de moi.

— Allez-y, répond ce dernier avant de se diriger vers le bar.

Je me fige.

Lucas me prend la main et nous entamons une valse. C'est un bon danseur et il garde poliment ses distances. Pourtant, je ne peux pas me réjouir, je ne peux pas détourner les yeux de Phillip, au bar. Les femmes se sont regroupées autour de lui et il discute avec elles. Comment peut-il nier ainsi ce que nous avons ? Et si ce quelque chose – notre attirance forte, notre amitié intense – était rare et précieux ? Si c'était unique, la chance de toute une vie ? Vais-je renoncer aussi facilement ? Serait-ce malin ou, au contraire, une erreur irréfléchie ?

— Il t'aime bien, me dit Lucas comme s'il pouvait lire dans mes pensées.

À moins que mes regards envieux en disent plus long que je ne le voudrais.

— Moi aussi, je l'aime bien.

— Son ex l'a anéanti, dit-il. Il se traîne un historique lourd.

Est-ce pour cette raison que Phillip m'a dit que ce ne serait pas aussi simple ? Parce qu'il a vraiment des sentiments pour moi et qu'il ne veut pas y perdre des plumes ?

— Je comprends. J'ai connu ça, moi aussi.

Il expire dans un sifflement.

— Ça pourrait être délicat. Deux personnes avec un lourd passé en matière de relations. C'est un terrain miné, si tu veux mon avis.

— Et si ça en valait la peine ?

— Parfois, c'est le cas. Mais parfois, c'est plutôt brutal.

— Tu le sais d'après ton expérience personnelle ?

Il s'écarte et esquisse une révérence.

— Merci pour la danse, dit-il avant de s'éloigner pour inviter quelqu'un d'autre.

Je pousse un soupir. Maintenant, je ne sais plus trop quoi faire. Aller voir Phillip ? L'ignorer ? Au même moment, il se dirige vers moi, escorté par ses gardes du corps, et je sais que la décision est toute trouvée. Je dois être avec lui.

Phillip

J'ai essayé de résister pour le bien de Ruby – bon, d'accord, un peu pour moi aussi –, mais je repoussais l'inévitable. Quoi qu'il en soit, je ne peux pas rester à l'écart pendant le peu de temps qu'il nous reste. Dès l'instant où Lucas l'a abandonnée sur la piste de danse, je l'ai rejointe. À présent, je la conduis dans l'aile est en direction du jardin en toit-terrasse uniquement accessible aux membres de la famille royale. C'est mon endroit préféré dans tout le palais.

— Oh, waouh, quelle vue ! s'exclame-t-elle en se ruant

vers la balustrade, d'où les vagues qui s'écrasent sur la plage sont visibles au loin.

— D'ici, on distingue toute l'île par temps clair.

Je lève les yeux alors qu'un nuage passe devant la lune, atténuant la lumière.

— C'est un peu nuageux, mais ça va.

Elle s'approche de l'extrémité du toit-terrasse tout en regardant autour d'elle avant de se tourner enfin vers moi.

— Alors, que faites-vous ici ?

— En général, on vient faire la fête.

Deux serviteurs franchissent la porte, William et John. Je leur ai demandé d'apporter quelques affaires. William tient une bouteille fraîche du même sauvignon blanc que Ruby buvait tout à l'heure, avec deux verres. John porte deux couvertures pelucheuses pour nous protéger du froid en cette fin du mois de septembre.

J'approche l'une des chaises longues de la vue sur l'océan et je prends les couvertures que l'on me tend. John tire un autre transat à côté du mien, puis une petite table en bois où William dépose le vin et les verres.

Je fais signe à Ruby de prendre place. Elle paraît ravie en s'enfonçant sur les coussins. J'étends une couverture sur ses genoux.

— Merci ! s'exclame-t-elle. C'est parfait !

Je m'assois à côté d'elle et je ramène l'autre plaid sur mes jambes. William débouche le vin et nous sert deux verres.

— Autre chose, Votre Altesse ? demande-t-il.

— C'est bon, merci.

Ils esquissent une révérence avant de prendre congé.

Ruby sirote son vin.

— Ah, c'est la belle vie.

— J'adore venir ici. C'est si paisible. Veux-tu que j'allume les lumières au sol ?

— Non. Les étoiles et la lune suffisent. Alors, dis-moi ce que nous allons faire lors du fameux rendez-vous.

— Je me suis dit qu'on allait prendre le jet jusqu'à Paris…

Je laisse ma phrase en suspens, alarmé par sa quinte de toux soudaine.

— Ça va ?

Elle se penche, les yeux humides.

— J'ai avalé par le mauvais tuyau. Nous prendrons un jet privé jusqu'à Paris ?

— Tu as cru que nous étions pauvres ?

— Je ne me suis pas vraiment posé cette question. Un jet privé ?

— Oui. Anna n'a pas organisé cette collecte de fonds parce que nous sommes fauchés, mais pour impliquer les personnes qui composeront la future clientèle du spa. Elle espère qu'elles en feront la publicité autour d'elles.

Elle sourit.

— C'est une maline, pas vrai ?

— Oui. Une entrepreneure naturelle. Mon frère la soutient. Il utilise son pouvoir considérable et ses relations pour lui faciliter les choses.

Elle prend une autre gorgée et soupire.

— J'aime savoir qu'elle est reine et que vous êtes là pour elle. Elle n'a pas eu une enfance facile et... Eh bien, je sais qu'elle a toujours voulu une famille.

— Elle aura bientôt sa propre famille avec Gabriel, je suppose. Ils essaient déjà de faire un héritier.

— Oh, c'est merveilleux ! Ce sera la meilleure des mamans.

— Je suis d'accord.

— Bon, alors, une fois que nous serons à Paris...

— Nous dînerons à *L'Ambroisie*, puis...

— Attends, parle-moi un peu de ce restaurant.

— Le chef-cuisinier est un ami de la famille. Il possède cet établissement depuis toujours. Trois étoiles au Michelin. Pour les amateurs de cuisine, c'est le nec plus ultra. On passe par les arcades du dix-septième siècle de la place des Vosges pour accéder au restaurant. Ça va te plaire.

Devant sa mine perplexe, j'entreprends de lui expliquer ce qu'elle ignore sans doute.

— La place des Vosges est comme un parc, un square résidentiel entouré de bâtiments en brique rouge, avec des boutiques et des restaurants en dessous. Au niveau de la rue, il y a de grandes arches qu'on appelle des arcades. Comme tu as adoré le centre commercial historique de Nantes, je me suis dit que tu aimerais aussi. L'intérieur du restaurant est décoré dans un style viennois élégant.

— Décris-le-moi.

J'essaie de me le représenter par la pensée.

— Des panneaux en bois blancs, des miroirs à bordure dorée, des tentures de soie, des chandeliers en cristal, des tables rondes avec nappes, des fauteuils de velours rouge et pourpre, et du marbre au sol. Ma description ne rend pas justice au restaurant, il faut le voir en personne.

— On dirait que tu as choisi spécialement pour moi. Et si une autre femme avait remporté ce tête-à-tête ?

— J'aurais organisé un dîner aux chandelles dans la salle à manger royale, puis j'aurais invité tout le monde, mes frères, ma sœur et les autres invités, à venir faire la fête avec nous. Très peu de temps seul avec elle.

Elle m'adresse un petit sourire satisfait avant de siroter son vin.

Je l'imite. Ça ne me dérange pas d'avoir joué franc jeu en lui faisant savoir qu'elle me plaît. Je tiens à ce qu'elle le sache. Je veux la traiter tout spécialement.

— Ensuite, nous pourrions sortir danser ou bien revenir ici et nous détendre sur le toit-terrasse. Ou nous promener sur la plage. À toi de décider. Tu es une invitée, alors je veux que tu testes tout ce qui t'intéresse ici.

Elle sourit.

— En un mot, je suis une touriste. J'aimerais dîner, danser, puis remonter sur le toit-terrasse.

Son regard se perd dans le lointain et elle soupire.

— Tu n'es pas comme les gars que je rencontre habituellement.

— Je suis ton premier membre de la royauté, j'imagine.

Elle éclate de rire.

— Oui, mais je voulais dire que tu me parais plus direct, plus expressif que la plupart des hommes.

Pendant un moment, je contemple l'horizon, puis je me confie :

— Je n'ai pas toujours été un prince play-boy. Je me suis engagé dans une relation sérieuse un jour. Ça s'est terminé par une rupture très médiatisée. Alors, ma réputation de scandale me convenait peut-être, tout compte fait. Comme ça, mon ex voyait que j'allais très bien sans elle.

Je me tourne vers Ruby.

— Pourtant, ces derniers temps, je commence vraiment à détester mon image publique. Je voulais que mon implication dans les œuvres caritatives m'aide à redorer mon image pour le bien de ma famille, mais maintenant, c'est pour moi que j'ai envie de changer cela.

Elle me regarde avec compassion.

— J'ai entendu parler de Lana.

J'avale un peu de vin pour faire passer la boule qui me noue la gorge.

— Oui, comme tout le monde.

Ma rupture avec Lana a été très publique, relayée par la presse à scandale et partout sur internet. Je suis certain que Ruby en connaît l'essentiel. Lana et moi avons formé un couple en or pendant cinq ans, puis elle m'a largué *par texto* pour un milliardaire grec dont elle était soi-disant tombée amoureuse. Eux aussi ont fait les choux gras de la presse. Maintenant, à peine un an plus tard, il paraît qu'elle est de nouveau célibataire et j'admets que ça me procure une satis-faction malsaine. J'espère qu'il l'a plaquée aussi froidement qu'elle l'a fait envers moi. Si je suis toujours aussi amer, c'est peut-être que je n'ai pas encore tout à fait tourné la page. Je ne suis pas aussi évolué que j'aimerais le croire.

Nous gardons le silence pendant quelques minutes, mais ce n'est pas gênant. Lana s'estompe peu à peu de mes pensées et je retrouve la paix, assis à côté de Ruby, bien au chaud, admirant la mer au loin.

— J'ai l'impression d'être une personne différente ici, sur cette île paisible, dit-elle, rompant enfin le silence. Comme si je n'étais pas malmenée par les éléments extérieurs, comme si j'avais le contrôle. C'est peut-être parce que je travaille à mon premier gros projet en solo. J'aime travailler pour moi.

— Tu es excellente dans ton métier.

— Merci. Anna m'a rendu un grand service en me confiant cette mission. Et puis, elle a vanté mes mérites à toutes ses amies quand elle leur a fait visiter la suite. Elles ont déjà des projets à me confier quand je rentrerai à Tampa. Ça va m'aider à faire décoller mon entreprise.

— C'est fantastique !

— Oui. Les choses commencent enfin à me sourire.

Je la regarde. Au même moment, elle se tourne vers moi et nos yeux se croisent pendant un instant, avec intensité.

Elle détourne rapidement le regard et avale une longue gorgée de vin.

— C'était comment de grandir ici ?

Je bois un peu avant de poser mon verre. Personne n'a envie d'entendre un prince se plaindre de ses devoirs, de ses obligations et des représentations publiques. Je suis né avec une cuillère en argent dans la bouche et je n'ai jamais manqué de rien.

— C'était super. Je sais que j'ai beaucoup de chance.

Elle se penche vers moi.

— On dirait une excuse toute prête pour la presse. Dis-moi comment c'était vraiment.

— J'apprécie tout ce que j'ai. Mes frères et moi, nous nous amusions partout sur l'île, à explorer les dunes et les grottes, à nager et à surfer sur les vagues.

— Sans oublier vos promenades en yacht.

Je souris.

— On s'en servait plutôt de plongeoir grandeur nature pour sauter dans la mer. Bien sûr, on utilisait les jet-skis aussi.

— Bien sûr !

— Tu vois, je sais que ça fait luxueux. C'était le cas. Comme je l'ai dit…

— Je sais, je sais, tu apprécies ce que tu as. C'est comment de ne pas avoir de vie privée ? Que tous tes faits et gestes soient observés et commentés ?

— J'ai appris à l'accepter. J'aime les gens, alors même si c'est intrusif par moments, la plupart du temps ça ne me dérange pas.

— Même avec ton ex ?

— J'ai adoré le couple doré qu'on formait. Tout le monde semblait nous aimer comme je l'aimais. Je pensais l'épouser, mais comme tu le sais, ça ne s'est pas fait.

Ma gorge se noue.

— On pourrait croire que je choisis des femmes belles, mais superficielles. C'est peut-être ce que je fais pour ne plus être tenté de m'engager.

Je m'interromps, surpris par ma propre perspicacité. Je n'ai jamais fait ma demande à Lana, et j'ai fait en sorte de saboter mes relations avec les autres femmes pendant plus d'un an après elle. Je pince les lèvres avant d'avouer la vérité.

— Je ne suis peut-être pas fait pour l'engagement.

Elle me serre la main.

— Tout le monde aimerait prendre ses distances avec la notion d'engagement après ça. Je sais qu'elle t'a quitté pour un très vieux type, alors tu sais quoi ? Tu es mieux sans elle. Apparemment, c'est une croqueuse de diamants. Elle savait peut-être que ton royaume n'allait pas très bien sur le plan économique.

— Elle le savait. Et je suis content qu'ils aient rompu.

— Ha, ha. La vengeance est un plat qui se mange froid. Moi aussi, je souhaite tout le mal du monde à mon ex, même si je me sens coupable parce qu'il va devenir parent de triplés avec sa femme.

Je me crispe.

— Sa femme ?

— Oui. J'étais l'autre, même si je l'ignorais. Nous avons vécu ensemble pendant un an. Toute une année, Phillip, pendant laquelle j'ai baigné dans une béatitude naïve.

— Je suis désolé.

— Oui, moi aussi.

Elle se redresse et annonce avec véhémence :

— Quand il m'a dit qu'il me quittait parce que sa femme était enceinte de triplés, il s'attendait à ce que je me réjouisse pour lui ! J'étais plantée là, sous le choc, quand il a ajouté : Au fait, tu dois déménager. C'est l'appartement de vacances de mes parents et ils viennent me rendre visite pour la naissance des bébés. Nous sommes fous de joie !

Elle avale son vin en une seule gorgée.

— Eh bien, moi, en tout cas, je n'étais clairement pas folle de joie. J'étais dévastée.

J'ai mal au cœur pour elle. Je ressens sa douleur. D'ailleurs, je connais ce chagrin-là.

— Bon sang, c'est affreux.

Elle soupire avant de se détendre à nouveau sur sa chaise longue.

— Oui, tu peux le dire. J'ai perdu mon travail parce que je n'étais plus en état de fonctionnement. Je suis retournée vivre chez mes parents en essayant de lancer ma carrière d'indépendante tout en me remettant péniblement du choc. Et maintenant, deux mois plus tard, je suis dans un tout autre état d'esprit. Enfin, le nuage s'est dissipé. J'ai une véritable chance de lancer une super carrière selon mes propres conditions. Je vais pouvoir obtenir mon propre appartement et leur laisser de la place pour le bébé. Tout se déroule comme je l'espérais.

Je prends une inspiration avant de dire :

— Il semblerait que nous nous soyons rencontrés au mauvais moment.

Elle me dévisage longuement et j'ai un mauvais pressentiment : elle s'apprête à me piétiner le cœur.

— Je t'apprécie beaucoup, me dit-elle.

— Moi aussi.

— Mais je crois que tu avais raison. Nous ne devons pas risquer d'avoir le cœur brisé, toi et moi. Nous n'avons pas vraiment tourné la page. En tout cas, c'est encore mon cas. J'avais envie de tenter une semaine d'insouciance pour garder de bons souvenirs, mais ce n'était que du désir.

Elle me regarde droit dans les yeux.

— Nous pouvons être plus intelligents que ça. Enfin, tu te remets encore de ta séparation avec Lana, pas vrai ?

— Oui.

C'est forcément vrai, car je suis méchamment heureux qu'elle se soit fait larguer.

— Et puis, nous partons bientôt chacun de notre côté.

Je pousse un profond soupir. Pourquoi n'ai-je pas rencontré Ruby il y a un an ? Non, je me berce d'illusions. À l'époque, je ne me serais pas plus engagé que maintenant. J'aurais saboté cette relation et elle en aurait souffert. Je suis peut-être attiré par elle uniquement parce que je suis conscient que nous n'avons pas d'avenir, tous les deux.

Le silence retombe et nous contemplons la mer. Il n'y a rien de plus à dire. Il n'y a pas de nous et il n'y en aura jamais.

Je me tourne vers elle.

— Dis-moi comment c'était de grandir à Tampa.

Elle sourit et me prend la main dans une poigne chaude, par-dessus la couverture, tout en se lançant dans le récit de ses orangers, des eaux tièdes du Golfe et de ses visites dans l'endroit le plus beau sur terre, source d'inspiration pour sa décoration d'intérieur.

Nous discutons toute la nuit, assis côte à côte au clair de lune, main dans la main.

Nous regardons ensemble le soleil se lever. C'est la plus belle nuit de ma vie.

Enfin, elle se déplie et s'étire tandis que le soleil se détache de l'horizon.

— Je n'en reviens pas que nous ayons parlé jusqu'au lever du jour ! Tu aurais dû me demander de me taire.

À mon tour, je me lève et je replie les couvertures.

— Pas du tout, j'ai adoré écouter tes histoires.

— Merci. Moi aussi, ça m'a plu de t'écouter. Maintenant, je vais aller me coucher.

Je la raccompagne jusqu'à la porte, que je tiens ouverte pour elle, puis jusqu'à sa chambre. Elle s'arrête juste devant et incline le visage vers moi en souriant.

— Merci pour cette merveilleuse soirée.

J'ai du mal à respirer tant cette femme me fascine.

— Merci à toi.

Je me penche pour l'embrasser sur la joue, mais elle bouge et nos lèvres se rencontrent dans un doux baiser.

Je recule, étonné. Nous étions d'accord pour rester amis.

Pourtant, elle pose les mains de part et d'autre de ma tête et elle m'embrasse à nouveau. Mon sang ne fait qu'un tour. Je la plaque contre la porte en un clin d'œil, enfin en mesure d'exprimer la tension qui montait en moi. Ses lèvres sont douces. Elle sent le vin et le sexe, une combinaison puissante. Ses doigts se referment dans mes cheveux et ses ongles s'enfoncent dans mon épaule tandis que sa langue danse avec la mienne.

— Tiens, tiens, fin de soirée agitée à ce que je vois ? lance alors une voix féminine goguenarde.

J'interromps le baiser pour découvrir l'une des amies d'Anna en veste, legging de yoga et baskets aux pieds, qui revient vraisemblablement d'un jogging matinal.

— Pas tant que ça, répond Ruby en riant.

Mon cœur bat la chamade, l'adrénaline me fait vibrer. Mon corps tout entier est prêt à passer à la vitesse supérieure. Tant pis pour ce que j'ai dit tout à l'heure. J'ai envie d'elle tout de suite.

La femme rit en passant son chemin.

Soudain, Ruby lève la main pour m'arrêter dans mon élan.

— Bonne nuit et bonjour à la fois, me dit-il.

L'instant d'après, elle est entrée dans sa chambre, refermant la porte derrière elle.

J'envisage de la suivre. Je crois qu'elle ne résisterait pas si je l'embrassais à nouveau. Naturellement, cela nous conduirait au lit. Et ensuite, quoi ? On baiserait comme des fous pendant une semaine, s'attachant de plus en plus l'un à l'autre, avant de rompre avec brutalité ?

Je tourne les talons et je retourne en direction de ma propre suite. Elle avait raison, nous ne sommes pas en état de subir un autre échec, ni elle ni moi. Je frotte mon torse endolori. Il est peut-être déjà trop tard. Elle a rejeté mon corps, mais mon cœur est toujours là-bas, en compagnie de Ruby.

9

Ruby

Phillip est vraiment un prince de rêve. Après notre nuit à bavarder sur le toit-terrasse, nous avons passé le reste de la semaine ensemble, à explorer l'île tout en discutant sans relâche. Ces moments n'avaient rien d'intime. Il a deux gardes du corps avec lui, où qu'il aille – pas par choix, mais sur ordre du roi. En ce qui le concerne, il est persuadé que les habitants de l'île ne lui feraient jamais de mal. Je me suis habituée à la présence de ses hommes, Henry et Rafe, une fois que Phillip m'a assuré qu'ils ne répéteraient jamais ce qu'ils nous entendent dire, sauf si nos vies étaient en danger. Au bout d'un moment, j'ai oublié qu'ils étaient là et je me suis mise à parler librement. Avec Phillip, j'ai l'impression d'être avec un ami proche, la tension sexuelle en plus. Elle est toujours présente, un courant subtil, mais perceptible entre nous.

À présent, nous sommes à bord du jet qui nous emmène à Paris pour le tête-à-tête que j'ai remporté lors de la vente aux enchères. Phillip discute avec l'hôtesse de l'air, l'interrogeant sur sa famille. Quant à moi, je regarde par le hublot l'île qui diminue dans le lointain. Elle est belle, un joyau de prairies de bruyères pourpres, de dunes, de pentes herbeuses et de falaises à pic au milieu d'un océan de saphir. Le palais d'Amalie est enchanteur, perché sur une colline au centre de l'île : des murs de grès aux toits de cuivre, de multiples tours et des tourelles en flèches. D'adorables maisonnettes longent la route sinueuse jusqu'au palais. Bientôt, j'aurai l'impression d'avoir rêvé. Je pars dans deux jours, et Phillip le lendemain.

Il tourne vers moi ses yeux vert-bleu si chaleureux.

— Le vol ne dure pas longtemps. Moins d'une heure. Là-bas, un chauffeur nous attend. Nous dînerons, nous danserons, puis nous reviendrons ici. Ça te convient ?

Je le regarde attentivement, émerveillée de constater qu'après deux semaines seulement, j'ai l'impression de le connaître depuis toujours. Ses cheveux bruns épais naturellement ondulés, ses pommettes hautes et sa mâchoire carrée, son nez droit, sa lèvre inférieure rebondie si sensuelle. Mon Dieu, comme il embrasse bien ! Nous ne nous sommes plus embrassés depuis notre nuit blanche et ça me manque terriblement. J'ai essayé, mais il m'a gentiment expliqué que j'étais trop tentante pour rouvrir cette porte-là sans danger. Je me fiche de ce que pensent les autres, ce n'est pas un dragueur impénitent qui cherche activement sa prochaine aventure. En tout cas, pas avec moi. Il doit surtout sa réputation aux conséquences de sa rupture douloureuse, mais au fond, il n'est pas comme ça. Il m'a même avoué qu'il commençait à détester cette réputation. C'est un romantique dans l'âme. Il suffit de voir comment il a prévu cette escapade en fonction de mes goûts. Avec moi, il est attentionné et prévenant. Ça ne peut pas être une manigance pour me séduire. Il n'a jamais insisté pour se rapprocher de moi sur le plan physique. D'ailleurs, c'est même le contraire. J'ai beau savoir que nos vies prennent des directions différentes, je ne peux plus nier ce que je ressens.

Il se penche vers moi.

— Que se passe-t-il ?

Je réponds en triturant ma lèvre inférieure :

— Et si on zappait la soirée dansante ?

— Oh, d'accord. Je vais faire appeler le club, dans ce cas. J'avais réservé un carré privé.

Il sort son téléphone en me demandant :

— Tu préfères autre chose ?

Je hoche la tête.

Il tapote quelques boutons sur son téléphone.

— Quoi ?

— Toi.

Aussitôt, il redresse la tête.

— Tu as envie de…

Je sais qu'il a compris. Il affiche un petit sourire avant de secouer la tête.

— Ruby, je croyais que nous…

— Je m'en fiche, dis-je à mi-voix. Je pars dans deux jours. Je ne peux pas m'en aller sans savoir ce que ça fait d'être avec toi.

— C'est fantastique, répond-il avec un sourire taquin.

J'éclate de rire.

— Je n'en doute pas un seul instant.

Son regard ne quitte pas le mien.

— Sois-en certaine. Je ne veux surtout pas que tu aies des regrets ensuite.

— Pas de regrets. Paris est notre petite bulle. On y fait ce qu'on veut, et quand on repart, il ne reste que de bons souvenirs.

— Nous aurons toujours Paris.

— Une citation de *Casablanca*, excellent !

Il glisse une mèche de cheveux derrière mon oreille.

— Si j'avais su que Paris serait notre petite bulle, je t'y aurais emmenée depuis longtemps, au lieu de jouer les guides touristiques à Villroy.

— Une nuit. Voilà ce qui en fait une bulle. Un moment unique.

— Une seule nuit, pas une seule fois.

Il prend mon menton entre ses doigts et il m'embrasse avec tendresse avant de mordiller ma lèvre inférieure.

— Marché conclu.

Puis il s'empare du téléphone et appuie sur quelques boutons. Bientôt, il parle dans un français rapide, organisant notre soirée dans un hôtel sans doute haut de gamme. Tout ce qui compte pour moi, c'est de pouvoir enfin me lâcher avec cet homme. Ne plus chercher à me retenir.

Le restaurant correspond en tout point à ce que Phillip m'a décrit, depuis les arcades de la place des Vosges jusqu'à l'établissement et son décor élégant. J'ai l'impression d'être revenue dans le temps et de me mêler à la haute société parisienne d'autrefois. Je suis contente de porter ma petite robe noire. Cet endroit est d'une classe folle. Aucun détail n'est négligé et j'essaie de tout admirer sans me retrouver bouche bée : des tapisseries en soie aux bordures dorées, des miroirs clinquants, des chandeliers en cristal et un sol en marbre recouvert çà et là de délicats tapis persans. Chaque table est ornée d'une nappe blanche raffinée, où trônent des verres à vin en cristal, des assiettes en porcelaine et de l'argenterie en abondance, sans oublier un petit vase en cristal débordant de fleurs fraîches. Je suis l'exemple de Phillip pour déterminer quels couverts correspondent à quels plats. Il est né dans ce milieu, moi, je ne suis qu'une novice.

Ce que Phillip a omis de me dire au sujet de ce restaurant, c'est que la cuisine est une véritable œuvre d'art ! J'ignorais que les plats pouvaient être aussi artistiques. C'est presque trop beau pour être consommé ! En entrée, je goûte des coquilles Saint-Jacques disposées en cercle dans une soupe de pois avec des herbes fraîches et une fleur violette au centre. Je prends l'assiette en photo avant de tout abîmer, ce qui faire rire Phillip.

J'aime absolument tout et il a l'amabilité de me faire tester ses plats. Il a commandé une côtelette d'agneau, et moi, une sole. C'est tellement adorable ! De petites têtes d'asperges dépassent de ma galette de pommes de terre. Mais ce que je préfère, c'est le dessert. Le mien ressemble à un chou à la crème coupé en deux, avec, au centre, un gâteau en chocolat à deux épaisseurs avec une généreuse couche de crème à la mangue. La tarte au chocolat noir de Phillip est à tomber, elle aussi. J'aurais pu terminer les deux desserts à moi toute seule, parce qu'avec une cuisine d'aussi grande qualité, les portions sont modestes. Ce sont des plats à savourer.

Le chef-cuisinier, un homme d'environ soixante-dix ans,

est même sorti de la cuisine pour nous demander comment se déroulait notre dîner. Phillip et lui ont un peu discuté en français. J'ai regretté de ne pas savoir d'autres mots que *bonjour* et *merci beaucoup*.

Après le repas, nous nous promenons longuement dans la ville, toujours flanqués de gardes. Je ne suis encore jamais venue ici et j'ai un tas de choses à admirer, mais mon esprit ne cesse de revenir à la suite de la soirée : l'hôtel, le lit, Phillip nu. Pourtant, je ne suis pas nerveuse comme d'habitude, à la perspective de coucher avec un homme pour la première fois. Je suis seulement fébrile. Nous avons appris à bien nous connaître ces deux dernières semaines. C'est quelqu'un de bien et je sais d'instinct que je peux lui faire confiance.

À présent, il joue les guides touristiques et j'essaie de penser à lancer des « cool » et des « oh, vraiment » à intervalles réguliers.

Soudain, il s'arrête et me tourne vers lui, les mains sur mes bras.

— Ruby, où es-tu ? Ma visite t'ennuie ?

Je jette un œil vers ses gardes derrière lui, qui détournent discrètement le regard.

Je me hisse sur la pointe des pieds en murmurant :

— Je n'arrête pas de penser à l'hôtel. Henry et Rafe nous suivront là-bas aussi ?

Il sourit.

— Oui, mais ils seront postés à l'extérieur de la chambre, près des points d'accès.

À mi-voix, je demande :

— Et ils pourront nous entendre ?

Ses yeux pétillent d'amusement.

— Tout dépend du bruit que tu fais.

— Moi ? Et toi, alors ?

— Avec moi, ils ont l'habitude.

Je plaque une main sur ma hanche.

— Alors, c'est quelque chose que tu fais régulièrement ?

Il penche la tête.

— Je vois, c'est une question piège. Si je dis oui, tu seras fâchée. Si je dis non, c'est un mensonge. Je n'ai pas envie de te mentir, Ruby.

Je pince les lèvres, agacée, mais un rire m'échappe bien malgré moi.

— Je connais ta réputation.

Il m'incline le menton et m'embrasse le bout du nez.

— Tu sais que j'ai envie de calmer le jeu.

— Bon, emmène-moi à l'hôtel.

Il se tourne vers les gardes et Henry hoche la tête.

— La voiture est déjà en route.

— Vous devez tout savoir, dis-je à l'attention des deux hommes. Vous êtes doués pour garder votre langue.

— Merci, madame, répond Henry, toujours impassible.

— C'est notre métier, madame, renchérit Rafe sur le même ton.

— Je vois…

Je me penche alors vers Phillip.

— Si je suis trop bruyante, sens-toi libre de me faire ça, chuchoté-je avant de poser une main sur ma bouche.

Il éclate de rire et me soulève dans ses bras pour une étreinte vigoureuse qui me décolle de terre.

— C'est notre bulle, Ruby, fais ce que tu veux.

Peu après, nous arrivons au Ritz. Naturellement. Cette bulle parisienne est vraiment exceptionnelle. J'ai déjà l'impression d'évoluer dans un rêve. Tellement différent de ma vie chez moi que j'ai du mal à tout appréhender.

Phillip me prend la main et me conduit vers la réception. L'employé le reconnaît immédiatement et s'empresse de lui tendre la clé.

— Ils savaient déjà ce que tu voulais ? murmuré-je.

— Je les avais prévenus. J'ai réservé la Suite Impériale. Je me suis dit que tu aimerais la décoration historique, puisque tu es décoratrice d'intérieur et que tu adores le palais Amalie.

J'en vibre d'enthousiasme. C'est le genre de choses que je ne vois pas chez moi. Le décor historique européen est bien plus vieux et tellement plus élégant que notre architecture la plus ancienne, notamment le style de l'Amérique coloniale. En comparaison, nous sommes un pays plutôt jeune.

— Aurez-vous besoin d'aide avec vos bagages, Votre Altesse ? demande l'employé dans un anglais parfait.

Phillip lui répond cordialement :

— Nous n'apportons rien, merci.

Il n'a aucune honte à l'idée d'utiliser cette chambre uniquement pour le sexe, alors je ne vois pas pourquoi je serais gênée.

Je le suis jusqu'à la suite, les gardes sur mes talons. Il me tient la porte ouverte. Une fois à l'intérieur, j'étouffe un cri d'admiration. C'est un appartement plus qu'une chambre ! Cet endroit est immense !

Il referme la porte, laissant les gardes dans le couloir.

Aussitôt, ses bras se referment par-derrière autour de ma taille.

— Alors ?

— C'est fantastique !

— Va voir la chambre principale. C'est une réplique de celle de Marie-Antoinette à Versailles. Elle est presque entièrement en or.

Je traverse en trombe le salon séparé en deux espaces distincts, en direction de la chambre. C'est forcément cette porte. Ici, tout est en soie et en or. L'élégance somptueuse du dix-huitième siècle. C'est presque un musée, avec un ameublement ancien et des peintures à l'huile encadrées. Le lit est incroyable, avec une tête et un pied sculpté, entièrement couvert de soie. Derrière se trouve une balustrade dorée, sorte de canopée élaborée s'élevant jusqu'au haut plafond. Je sors mon téléphone pour prendre des photos. Quelle touriste !

Je décris un tour sur moi-même dans la chambre. Il y a également une chaise longue, des fauteuils anciens à haut dossier, de nombreuses tables antiques et une immense cheminée surmontée par une peinture à l'huile représentant un homme aux cheveux noirs, sans doute le mari de Marie-Antoinette, le roi. Je ne connais pas assez l'histoire française. Je lève les yeux. Un chandelier en cristal, des motifs en plâtre finement ouvragés au plafond et des moulures bordées d'or. C'est incroyable, absolument incroyable. Je pourrais mourir ici. Si j'avais vu ça avant d'ajouter ma petite touche à la suite royale, j'aurais sans doute baissé les bras, cruellement consciente de mon absence totale d'élégance royale.

Je me tourne vers Phillip qui m'a suivie.

— Formidable ! Ce n'est pas bizarre que je prenne des photos au lieu de me déshabiller ?

Il éclate de rire.

— Prends-en autant que tu veux. Tu baves presque. Je savais que cette chambre serait un bon choix. Admire tout ton saoul. Je n'irai nulle part.

Je me promène dans la suite avant de revenir dans le salon. Deux sofas rouges terminés par des glands dorés forment deux espaces de détente, dos à dos, séparés par une longue table en bois sculptée. Des portes vitrées ouvrent sur un balcon offrant une belle vue de la ville. Je me dirige vers une double porte à vitres (au pays, nous les appelons portes françaises) donnant sur une autre chambre pas aussi élaborée que la première, mais tout aussi belle, tout en bleu et rose clair. Là aussi, on trouve de la soie et des bordures dorées en abondance. La salle de bain intégrée tout en marbre est somptueuse, ce qui me laisse penser que l'autre, attenante à la chambre principale le sera encore plus. Je rebrousse chemin en direction de la chambre principale.

Phillip est en train de suspendre sa veste dans un placard. Il me fait un clin d'œil quand je passe. Il est adorable, à m'attendre ainsi.

Enfin, j'entre dans la salle de bain.

— Waouh, dis-je dans un long soupir rêveur.

J'admire l'imposante baignoire à remous tout en marbre, assez large pour deux, devant une fenêtre haute. Il y a aussi une cheminée dans la pièce, ainsi qu'une table recouverte d'huiles de bain et de lotions luxueuses. Dans un vase doré sur une coiffeuse, des roses blanches diffusent un agréable parfum floral. Des panneaux sculptés en bois clair habillent les quatre murs. Il y a une autre porte. J'y jette un œil pour découvrir le reste de la salle de bain, en marbre et aussi raffinée que je m'y attendais. Je retourne vers l'immense baignoire. On dirait un spa au cœur d'un musée. Incroyable !

J'imagine à peine combien une nuit ici peut coûter. Ce doit

être plusieurs milliers de dollars. Je sais que je ne pourrais jamais y séjourner par moi-même. Phillip vit vraiment dans un monde différent. Et Paris est notre bulle. J'ai déjà l'impression de flotter hors de mon corps et de regarder d'en haut tout ce luxe extraordinaire qui ne m'a jamais traversé l'esprit, même en imagination.

— Que veux-tu faire en premier ? demande-t-il soudain dans mon dos, me faisant sursauter.

Il éclate de rire.

— Ne me dis pas que tu es nerveuse. C'était ton idée.

J'entends le sourire dans sa voix, la chaleur taquine. Je me retourne en ricanant.

— Tu m'as surprise. J'ai été éblouie par la chambre principale, et depuis j'ai l'impression d'être en transe.

— Je suis content que ça te plaise. Tu veux prendre un bain ?

— Toute seule ?

— Si tu veux. Ou alors, nous pouvons faire trempette après…

Je franchis la distance et referme les bras autour de son cou.

— Tu es terriblement conciliant. Tu aurais dû me sauter dessus dès l'instant où la porte s'est refermée derrière nous.

Il glisse une main chaude dans mes cheveux et la pose sur ma nuque.

— Je ne veux pas me presser. J'ai envie de te savourer.

Je soupire. Pas étonnant que je tombe amoureuse de lui !

Il penche la tête et ses lèvres se referment sur les miennes. Son bras passe autour de ma taille et il m'attire fermement contre lui. De tendre, le baiser devient avide en un éclair. Ce besoin familier revient en force et je me presse contre lui. Cette fois, je n'ai pas à m'arrêter. Il n'a pas à s'arrêter. Il me fait reculer tout en m'embrassant jusqu'à ce que nous atteignions le mur, puis il remonte ma robe autour de ma taille et me soulève. *Oui.* C'est tellement mieux, nos corps sont parfaitement alignés à présent. J'enroule mes bras et mes jambes autour de lui. Il a posé une main sur mon menton et il me maintient en place sous sa bouche dévorante, tandis que l'autre glisse sur ma gorge, ma clavicule, jusqu'à mon sein où il joue avec mon téton dur. Un gémissement monte des tréfonds de mon être.

Il change alors de position et parsème des baisers sur ma mâchoire et sur le côté de mon cou. J'ai envie de plus, plus de lui, plus de peau. Je déboutonne sa chemise blanche pour découvrir un tricot de corps au col ras-du-cou.

— Trop de vêtements, protesté-je. Retire ça.

Il m'embrasse en me mordillant la lèvre inférieure avant de sourire contre ma bouche.

— Rien ne presse, tu as oublié ?

Je dégage sa chemise de la ceinture de son pantalon.

— Tu m'énerves.

Avec un sourire amusé, il me repose sur mes pieds. Puis je le regarde enlever sa chemise et son tricot de corps, qu'il abandonne sur la coiffeuse. Ma bouche se dessèche devant sa beauté virile, sa beauté hors du commun.

— J'adore tes épaules, lâché-je. Larges, aux muscles saillants.

Il ébauche un sourire.

— Merci.

Un carillon se fait entendre et quelqu'un frappe. Aussitôt, je porte la main à mon cou, le cœur battant.

— Ce sont les gardes ? Il se passe quelque chose ?

— Du calme. Je suis certain que c'est seulement le champagne que j'ai commandé.

Il se rend dans le salon et ouvre la porte, nullement gêné d'être torse nu. Un moment plus tard, il sifflote. Je le rejoins au moment où il se retourne pour ouvrir un placard. Il appuie sur quelques boutons et du jazz mélodieux se fait entendre dans des haut-parleurs que je n'avais même pas remarqués.

Il me regarde par-dessus son épaule, un sourire aux lèvres.

— Comme tu as l'air nerveuse, je nous mets dans l'ambiance pour la séduction.

— Oh, vraiment ?

— Hmm, hmm.

Il ajuste le volume de la musique pour la mettre un peu

plus fort. Il me dit quelque chose, mais je suis incapable de distinguer les mots par-dessus la musique.

Plaçant ma main en cornet devant mon oreille, je m'avance :

— Quoi ?

— Exactement !

Il désigne une table en marbre avec le seau à champagne et une boîte dorée autour de laquelle est noué un ruban marron et rouge.

— Tu m'as acheté un cadeau ?

Il referme les bras autour de moi par-derrière et chuchote à mon oreille :

— Des truffes au chocolat du meilleur chocolatier de Paris.

Je fonds. Il s'est rappelé que j'adorais les truffes en chocolat. Nous avons passé beaucoup de temps à discuter, à apprendre à se connaître l'un l'autre. Je pose une main sur mon ventre.

— Si seulement je n'étais pas déjà pleine à craquer.

— Tu pourras y revenir plus tard, quand on aura baisé et que tu seras épuisée.

Mon ventre se noue et j'éprouve une douleur sourde entre mes jambes. C'est la première fois qu'il me parle aussi crûment et j'aime l'idée qu'il fasse soudain plus réel et moins prince de rêve trop parfait.

Il écarte mes cheveux et dépose des baisers le long de mon cou. Je me radoucis, tous les muscles chauds et alanguis, alors que le désir gonfle en moi. Il tiraille mon lobe d'oreille avec ses dents avant de chuchoter :

— La musique étouffera les bruits que tu voudras faire, le champagne est frais et les gardes resteront postés derrière la porte de cette suite, loin de la chambre principale.

Je me retourne dans ses bras.

— Ils vont entendre la musique et ils sauront que c'est pour couvrir nos bruits.

— Je leur ai dit que nous récitions de la poésie française, me dit-il avec grand sérieux. Ils étaient tellement dégoûtés qu'ils ont mis des bouchons d'oreille.

J'esquisse un sourire et il m'imite.

— Ils portent vraiment des bouchons ?

Je sais que c'est un peu exagéré, mais je serais bien plus détendue si c'était le cas.

Il ne répond pas. Au lieu de ça, il me prend la main et me conduit dans la chambre. Il s'arrête à côté du lit et passe derrière moi, tirant lentement sur la fermeture de ma robe. Ses doigts effleurent ma colonne et je frissonne. Je regarde le lit élégant, tout en soie dorée, et je m'exclame :

— C'est un lit trop beau pour être défait.

— Tu préfères le sol ?

— C'est un tapis persan !

Je retire toutes les couvertures, de sorte qu'il ne reste que les draps de soie, et je jette un regard circulaire pour trouver un endroit sûr où les mettre.

Phillip me les prend des mains et les dépose sur un fauteuil avec un sourire en coin.

— Je commence à penser que nous aurions dû réserver au Holiday Inn.

Je ris.

— Désolée.

— Je ne veux pas que tu sois désolée, je veux que tu sois nue.

Il me déleste de ma robe et m'aide à la quitter. Je tends la main vers sa boucle de ceinture, mais il se détourne.

Sa voix est rauque.

— Laisse-moi te regarder.

J'essaie de ne pas céder à la nervosité, consciente de mon gabarit menu aux courbes quasiment inexistantes. Je suis un peu trop fine au goût de certains hommes.

Il me dévore des yeux, à commencer par mon soutien-gorge en dentelle noire jusqu'à ma culotte assortie et mes talons noirs.

— Tu es tellement belle, Ruby. Tellement sexy.

Avec lui, c'est vrai que je me sens belle. Je me jette dans ses bras et nous nous embrassons avec passion tandis que ses mains parcourent mon corps. J'interromps le baiser et je me reconcentre sur ma mission, le déshabiller en atteignant sa ceinture. Cette fois, il me laisse faire. Puis j'ouvre le bouton, tire sur la fermeture éclair, et bientôt, je le caresse. Il gémit en inclinant la tête en arrière. Je termine de le déshabiller, baissant son pantalon jusqu'à ses chaussettes. Il est magnifique. Son sexe en érection est tendu vers moi, ses jambes sont puissantes et musclées. Il retire ses chaussettes et je quitte mes chaussures à talons.

Nous nous dévisageons pendant un moment vibrant de tension avant de nous jeter l'un sur l'autre. Nos bouches fusionnent et nous nous pelotons avec ferveur, complètement fous l'un de l'autre. L'intensité est telle que je n'en ai encore jamais ressenti. J'ai besoin de lui comme de ma prochaine inspiration. Nous tombons sur le lit dans un entrelacs de bras et de jambes. Il s'avance sur moi, soutenant son poids sur ses avant-bras, et m'embrasse avec vigueur. J'enfonce les doigts dans son épaisse chevelure, submergée par tout ce que je ressens. Seule la chaleur de son corps existe, le feu qui nous embrase, son goût, son odeur. Il change de position et dépose des baisers dans mon cou, sur ma clavicule, tandis que sa langue effleure le creux de ma gorge.

— À mon tour, déclaré-je en repoussant ses épaules. J'ai envie de lécher chaque creux et chaque bosse de ta musculature spectaculaire depuis notre toute première rencontre.

Il roule sur le côté et s'allonge sur le dos, les bras grands ouverts.

— Fais-toi plaisir.

Je l'enfourche, victorieuse, les mains sur ses épaules, les yeux sur son torse magnifique.

— Alors ? me taquine-t-il. Tu vas rester là à me regarder ?

Je me penche en avant et l'embrasse, refermant doucement les dents sur sa lèvre inférieure que je suce avec avidité. Il gémit. Mes mains vagabondent de sa mâchoire carrée jusqu'à son cou, puis sur le renflement de ses épaules. Ses mains agrippent mes hanches, mais elles ne bougent pas. Je descends tout en embrassant, mordillant et léchant sa peau savoureuse, m'arrêtant pour passer ma langue sur son téton plat. Le râle que je lui arrache me fait sourire. Je continue, explorant ses abdominaux, les parcourant de ma langue, puis sur les côtés, excitée par son odeur musquée. Enfin, je prends son sexe épais dans ma main et je le lèche sur toute sa longueur. Il pousse un gémissement grave et long. Ma langue recueille la goutte annonciatrice, puis je le prends tout entier dans ma bouche. Il enfonce les doigts dans mes cheveux et décolle les hanches du matelas. Je le prends le plus profondément possible, levant les yeux vers son visage splendide. Sa mâchoire est décontractée, son regard alangui. Je continue, désireuse de tout lui donner après ce qu'il a fait pour moi. Mon entrejambe est humide, douloureux de désir, et son plaisir ne fait qu'accroître le mien.

Il tressaute et me tire les cheveux.

— Ruby !

À contrecœur, je détends ma poigne et je lève la tête.

— Quoi ?

— À mon tour, gronde-t-il.

J'écarquille les yeux devant la rudesse que je découvre dans sa voix. L'instant d'après, il est sur moi, sa bouche plaquée sur la mienne tandis qu'il me fait allonger sous son corps. Je referme les bras autour de son cou et j'ouvre les jambes tout en le caressant.

Ses baisers remontent jusqu'à mon oreille.

— Bon sang, tu es tellement mouillée. Et pourtant, je ne t'ai pas encore touchée.

— Ça m'a excitée de te sucer.

Pendant un moment, il penche la tête.

— Phillip ?

Lorsqu'il redresse la tête, il retient ma mâchoire à une main et m'embrasse.

— Tellement sexy.

Ses baisers reprennent, longs et approfondis. Il a une main sur mon sein, qu'il caresse avant de se baisser. Sa bouche s'y referme et il aspire mon téton, accentuant le creux de ses joues. Le plaisir me traverse. À chaque nouveau coup de langue, mon entrejambe se contracte. J'écarte les jambes, impatiente de le sentir. Il passe à l'autre sein, qu'il caresse, embrasse et suce tour à tour. Quand ses dents éraflent mon mamelon, je prends une vive inspiration et je me cambre. Il se radoucit, léchant mon téton durci avant de le reprendre dans sa bouche. À présent, ma respiration est saccadée et l'envie s'empare de moi.

— Phillip, embrasse-moi, baise-moi.

J'ai envie de sentir sa bouche, de le sentir en moi.

Brusquement, il se penche et dépose un baiser sur mon sexe. Je sursaute. Ses yeux bleu-vert si chauds croisent les miens tandis qu'il me caresse avec langueur.

— Tu es tellement sensible, susurre-t-il.

— Tu m'as surprise… Ah !

Je décolle les hanches, le souffle coupé par un plaisir chauffé à blanc. Il vient de baisser la tête et de me sucer tout en faisant aller et venir ses doigts en moi. Cette fois, il ne prend plus son temps. D'une main, il plaque mes hanches au matelas tandis que ses doigts me travaillent au corps et que ses lèvres et sa langue me dévorent. Je tremble de tous mes membres, les ongles enfoncés dans ses épaules. Des gémisse-ments incohérents m'échappent et mon cerveau appelle l'ex-tase. Je suis incapable de formuler les mots. *J'en ai besoin, j'en ai besoin, s'il te plaît, s'il te plaît, s'il te plaît.*

Il lève la tête et me regarde tout en faisant des merveilles avec ses doigts. Je suis pantelante, bouche bée, empourprée de chaleur. Toujours incapable de parler. Il affiche un sourire très satisfait et baisse à nouveau la tête. *Oui !* Sauf que mainte-nant, il est tendre, ses baisers sont doux, ses coups de langue légers, ses doigts encore plus discrets.

Je gémis en lui tirant les cheveux.

— J'y suis presque. N'arrête pas.

— Je n'arrête pas.

— Encore, encore, encore, m'écrié-je éhontément.

— Petite coquine insatiable.

Enfin, il me fait perdre la raison. Le plaisir remonte en flèche et j'en suis tellement satisfaite que je ne peux me retenir de gémir. Je suis bruyante, mais ça m'est égal. Sa bouche, sa belle bouche avide, me consume : ses doigts me possèdent. Je suis éperdue et, au bout de quelques minutes, je tremble d'en-vie. Mes parois internes se contractent.

— Regarde-moi, dit-il d'une voix éraillée.

J'ouvre les paupières et je le regarde. Sans me quitter des

yeux, il baisse à nouveau la tête et me suce avec douceur. Ses doigts… Oh, mon Dieu, la pression parfaite. Mon monde s'obscurcit pendant un moment avant d'exploser tandis que mes hanches se cabrent follement contre lui. Des sensations électriques déferlent dans mon corps, irradiant jusqu'au bout de mes orteils. Même mon cuir chevelu en frémit. Je suis une étoile filante qui traverse les cieux.

Il remonte le long de mon corps et caresse mes cheveux en sueur avant de m'embrasser. Je souris contre ses lèvres. Alanguie, je me fonds contre le matelas. Je pense vaguement que je devrais l'inviter à me baiser maintenant, mais je suis incapable de parler, de bouger. Il ne semble pas s'en soucier. Allongé sur le flanc à côté de moi, il passe la main sur mon corps, me caressant de l'épaule au poignet, puis sur les côtes, la hanche. Même ce geste est agréable et procure des sensations chaudes partout où sa main me touche.

Enfin, je retrouve l'usage de la parole.

— J'ai envie de plus, mais je n'arrive même pas à bouger.

— Là, là, laisse-moi simplement te toucher.

C'est ce que je fais. Je reste étendue, le corps chaud et serein, tandis que ses mains me caressent jusqu'à ce qu'il m'attire enfin dans ses bras et m'étreigne tout simplement. Je me blottis dans sa chaleur, en sécurité et comblée. La vérité me percute…

Je suis amoureuse.

Non, pas ça. C'est censé être notre seule nuit à Paris, notre bulle, notre souvenir. Les larmes me piquent les yeux. Bon sang.

Je prends sa tête entre mes mains et je l'embrasse fougueusement, enfonçant ma langue dans sa bouche pour tenter désespérément de retrouver la passion et ce besoin primitif. Il est ici, avec moi, m'inondant de baisers exigeants. Enfin, il bascule sur mon corps et s'installe entre mes jambes. Soudain, il s'immobilise, puis il se tourne vers la table de chevet. Il y a laissé un préservatif sans que je m'en rende compte.

Il l'enfile, puis il se place entre mes jambes et sa grande main caresse mon visage, ses yeux dans les miens.

L'émotion m'obstrue la gorge et je déglutis.

— Ça va ? demande-t-il.

J'empoigne ses fesses pour mieux l'attirer.

— Oui, baise-moi.

Dans un coup de reins vigoureux, il s'enfonce tout entier tandis que sa bouche se plaque sur la mienne, avalant mon gémissement. Il est bien plus grand que moi. Il m'étire, épais et rigide, provoquant une douleur sourde.

— Tu es tellement serrée, tellement bonne, chuchote-t-il à mon oreille.

J'essaie de me détendre sous son corps. Il m'embrasse avec tendresse tout en allant et venant, lentement, mais sûrement, et mon corps s'amollit. Le plaisir monte peu à peu.

Il pose sur moi un regard si attendri que j'en ai le souffle coupé. Aucun homme ne m'a jamais regardée comme ça en baisant. Parce que ce n'est pas de la baise, il me fait l'amour.

Je lui griffe le dos et lui mords le cou. Sa réaction ne se fait pas attendre. Il glisse la main sous ma hanche pour me soulever afin de mieux me pénétrer tandis que ses coups de reins redoublent d'ardeur. Son souffle est saccadé à mon oreille.

— Jouis avec moi, souffle-t-il.

— Oui, dis-je dans un hoquet.

Je suis proche et il est implacable, me poussant de plus en plus près du bord. Mon corps se contracte autour de lui et un râle monte de ma gorge.

Il retient mon menton, nos regards se rencontrent et nos souffles se mêlent en même temps que nos corps. Sa voix est intense, autoritaire.

— Maintenant.

Je me disloque quand l'orgasme me traverse de part en part. Il se lâche à son tour, redoublant de vigueur pour me donner encore plus de plaisir, vague après vague, jusqu'à ce que nous soyons tous les deux hors d'haleine. Il pèse de tout son poids sur moi, une sensation délicieuse. J'essaie de mémoriser chaque détail de ce moment. L'odeur musquée du sexe, nos peaux embrasées l'une contre l'autre, le battement de mon cœur, l'euphorie grisante.

C'est un moment *parfait*.

Il me dégage de son poids et se hisse sur ses avant-bras tout en caressant ma mâchoire qu'il parsème de baisers.

— Repose-toi maintenant. J'ai des idées pour toi.

Je suis trop comblée pour bouger et les mots se forment lentement dans mon état songeur.

— J'ai du souci à me faire ?

Son regard sur moi est brûlant.

— Seulement si les orgasmes multiples te causent du souci.

Je suis sûre que mon sourire est un peu idiot.

— Je crois que je t… dis-je avant de pincer les lèvres.

Il s'immobilise et je regarde fixement son menton, incapable de croiser son regard. Je regrette de ne pas pouvoir retirer ce début de phrase.

Il se détache de moi et quitte le lit.

Je ferme vivement les yeux, me reprochant d'avoir amorcé ce qui n'est probablement dû qu'à l'émotion, étant donné que je n'avais encore couché avec personne depuis mon ex. Je lui ai fait peur. *Bravo, Ruby. Toi et ta foutue bulle. Oh, bien sûr, ce sera anodin, rien qu'un bon souvenir à deux.*

La musique s'éteint brusquement et le silence retombe, sinistre. *La fête est finie.* Je croyais que nous passerions la nuit ici, mais j'ai tout gâché. Maintenant, c'est bien fini.

Je me redresse. Je devrais m'habituer. À l'évidence, je suis nulle pour les histoires d'un soir. Un instant…

Phillip revient vers moi. Il est nu, glorieusement et fièrement nu. Il porte le champagne et les chocolats, deux flûtes entre les doigts d'une main.

Mes yeux s'embuent et je pince les lèvres. Il ne part pas. Je n'ai pas tout gâché.

Il dépose tout sur la table de chevet. Puis il rassemble les couvertures au bout du lit, m'étend sur le dos et les ramène sur moi. Sans un mot, il me rejoint.

Je reste allongée, la bouche fermée, sans savoir quoi dire ni même s'il faut parler. Je devrais faire comme si je n'avais pas prononcé le début des trois mots fatidiques.

Allongé sur le dos à côté de moi, il se tourne et me fait face.

— Ruby.

— Hmm ?

— Termine ta phrase.

Je déglutis, les yeux rivés au plafond.

— Quelle phrase ?

Sa main chaude glisse sur mon ventre.

— Tu sais très bien quelle phrase.

J'évalue mes options, déni ou acceptation, et leurs consé-quences potentielles. Mon cœur tendre a besoin de protection. Je suis une telle idiote de me croire capable d'une aventure d'un soir. À présent, mon cœur oscille dans le vent.

— Pourquoi ?

— J'ai envie de l'entendre.

Je ne peux pas prendre cette direction. C'est trop risqué.

— Ce n'était qu'une réaction sur le moment. Ça ne signi-fiait rien.

Sa main remonte le long de mes côtes.

— C'était l'orgasme qui parlait ?

Je pars d'un petit rire.

— Oui.

— Je vois.

Il m'attire dans ses bras, poitrine contre poitrine, et appuie ma tête sous son menton, une paume sur ma joue. Il expire avant de murmurer :

— J'espère qu'il parlera encore, parce que… je crois que moi aussi.

Je suis incapable de respirer. Lui aussi, il est amoureux de moi. Mon cœur s'emballe. Comment en sommes-nous arrivés là aussi rapidement ? Et que suis-je censée faire de cet incroyable cadeau ?

10

Phillip

Je reste allongé dans le noir, Ruby dans mes bras. Elle convient parfaitement à mon corps. Mon esprit revient sur les prochaines étapes. Je ne peux m'empêcher de penser, en dépit du mauvais timing et de nos passés respectifs, que c'est une bonne chose. Elle a des sentiments pour moi et j'ai essayé de nier les miens, mais c'est inutile. Je pensais déjà que nous étions compatibles, mais maintenant que nous avons enfin franchi le cap, j'en ai la conviction, et dans tous les domaines qui comptent. Elle est faite pour moi, c'est mon âme sœur. Elle se fiche de mon rang, de ma richesse, de mon surnom stupide de beau gosse royal. Elle me voit comme je suis réellement. Contrairement à mes ex, elle n'a absolument rien de superficiel. Elle est spontanée, honnête, ouverte, un paquet d'énergie vibrante que j'ai envie de garder près de moi. Dès l'instant où j'ai cessé de la chercher, elle a débarqué dans ma vie.

J'inspire la senteur florale de son shampooing et cette petite note parfumée qui la caractérise. Elle roule de l'autre côté avec un léger soupir. À présent, elle dort. Je me plaque contre son dos, m'emboîtant à elle comme une cuillère, à la fois excité par son contact et éreinté. Mes pensées dérivent et je ferme les yeux.

J'ai dû m'endormir, car je me réveille avec une main sur son sein et l'autre entre ses jambes. Elle est chaude et humide.

— Tu es réveillée ? demandé-je, vaguement inquiet à l'idée de l'avoir tripotée pendant son sommeil.

Elle murmure par-dessus son épaule.

— Oui. J'ai mis tes mains là où je voulais les sentir en espérant que tu te réveillerais et que tu saisirais l'allusion.

Je souris. *Saisir l'allusion.* Décidément, elle est faite pour moi : taquine, sexy et drôle.

— Attends.

Je récupère un autre préservatif à l'endroit où je les ai rangés un peu plus tôt, je l'enfile et je me plaque à nouveau dans son dos. Cette fois, je la pénètre. Elle retient son souffle. Elle est menue, serrée, et dans cette position, encore plus étroite. Bon sang, c'est tellement délicieux. J'écarte l'une de ses jambes et la hisse pour la poser sur la mienne, puis je glisse à nouveau la main là où elle voulait la sentir pour la caresser avec vigueur. Elle se cambre contre moi comme pour échapper à mes doigts, mais j'insiste, l'entraînant résolument vers l'extase tout en la pilonnant. J'ai adoré sentir qu'elle se laissait aller, tout à l'heure, dans un frisson éperdu qui a fait rugir de triomphe mon homme des cavernes intérieur. J'ignorais que j'en avais besoin jusqu'à ce qu'elle me fasse éprouver cette sensation.

Sa main remonte et elle enfonce ses ongles dans mes épaules, le dos arqué. De petits cris lui échappent et je deviens encore plus épais et plus dur. Je m'efforce d'y aller plus doucement afin de prolonger son plaisir.

— Phillip !

Mes caresses se font plus douces et elle devient inerte. Ses ongles relâchent leur prise et son dos se détend contre moi. Sa réaction à mon contact est intense. Elle est consumée tout autant que moi.

Je l'embrasse dans le cou. Sa peau satinée est chaude sous mes lèvres. Elle incline la tête pour me donner un meilleur accès. Je laisse glisser ma main sur son ventre plat jusqu'à son sein souple, que je prends avant de pincer son téton. Elle tressaille et je la relâche pour ramener la main vers le centre de

son plaisir tout en m'insérant en elle, lentement et profondément. Puis ma main s'immobilise entre ses jambes, tandis que
les sensations remontent en moi. Elle est incroyable, serrée et
chaude, et il me faut toute ma force de volonté pour me
retenir.

Elle se cambre de plus en plus pour mieux me recevoir, le
souffle court. Puis elle agrippe ma main, forçant mes doigts à
la caresser.

Je m'enfonce plus loin encore, la maintenant contre moi,
mordillant délicatement son cou.

— Dis-moi ce que tu veux.

— Tes doigts, souffle-t-elle. Je suis sûre que tu sais quand
je suis proche du but et que tu cherches à jouer avec moi !

Je l'attise délicatement sous mon pouce et son souffle
s'accélère.

— C'est tellement agréable de jouer avec toi que je ne peux
pas m'en empêcher.

Elle lâche un grondement de frustration et je lui en donne
plus. Lorsqu'elle gémit, j'accentue le rythme. Mes doigts sont
plus fermes, mes coups plus vigoureux. Elle se cambre et tend
la main vers moi pour m'agripper les cheveux.

— Tu vas jouir quand je le voudrai, lui murmuré-je à
l'oreille.

Elle frémit et je l'immobilise, posant la main entre ses
jambes, ma queue encore enfouie en elle. Elle gémit, puis se
détend, capitulant contre moi. J'ai envie de l'attacher et cette
pulsion me pousse à continuer, décrivant des va-et-vient de
plus en plus brutaux. *Putain, putain, putain. Attends.* J'ai envie
qu'elle se laisse aller en même temps que moi.

Je la caresse doucement en m'accordant un autre coup de
reins. Son gémissement se change en cri excitant qui emplit
mes oreilles tel un rugissement. Son corps se contracte autour
de moi et je lui donne ce qu'elle désire, la faisant enfin basculer. Elle explose dans un cri et tout son corps est ébranlé. Je
redouble de vigueur jusqu'à mon propre orgasme, encouragé
par ses cris de plaisir. Enfin, je me laisse aller, envahi par une
extase puissante. Je m'accroche à elle, le corps secoué de

sensations incroyables. Enfin, je redeviens inerte, mes bras autour d'elle.

Nous avons le souffle court, le corps moite de sueur. Elle est alanguie, preuve que j'ai assuré.

J'écarte les cheveux de son visage, les lissant sur son épaule.

Elle fredonne un air joyeux.

— Phillip ?

À nouveau, je lui caresse les cheveux. Ils sont soyeux, si doux au toucher.

— Qu'y a-t-il ? Laisse-moi deviner, tu veux me remercier pour cette baise particulièrement satisfaisante ?

Elle se tourne pour me regarder par-dessus son épaule, les yeux mi-clos.

— Je t'en dois une.

Elle retombe à plat ventre sur le matelas. Je souris en caressant les courbes souples de ses fesses.

— Je suis impatient.

Aucune réaction. Je crois que je l'ai encore épuisée.

Ruby

Est-ce une mauvaise chose d'avoir invité Phillip dans le bain pour l'attiser sans merci, me frottant contre lui, le caressant avant de lui demander de me laver, assise au bout de la baignoire ? On appelle ça la vengeance, les amis, et personne ne la méritait plus que lui. Ça lui plaît de me garder en otage, à quelques millisecondes de l'orgasme, puis de me ramener à la case départ. À mon tour, je l'ai maintenu à la case départ pendant près d'une heure et j'adore ça. Hmm, ça m'excite peut-être, moi aussi, tout compte fait. Pourrions-nous être mieux assortis ? Une pointe de tristesse vient percer ma bulle de bonheur. Je rentre bientôt chez moi et il part pour une tournée mondiale pendant Dieu sait combien de temps. Une année ou plus. Nous sommes tellement différents que je me demande pourquoi nous allons aussi bien l'un avec l'autre.

— Viens ici, Ruby, susurre-t-il de l'autre côté de la baignoire. Ce champagne porte ton nom.

Je ne bouge pas, car je le soupçonne de prévoir sa propre vengeance. C'est *ma* fête. Sa grande main se referme autour de ma cheville et il tire. Pas assez pour m'immerger, mais suffisamment pour me faire bouger. J'ignore l'allusion et j'ajuste mes cheveux en chignon à la hâte avec l'élastique que j'ai trouvé dans mon sac. Sa main glisse sur mon mollet jusqu'à mon genou, m'écartant la jambe. C'est une initiative manifeste dans ce jeu de torture sensuelle.

— Tu es sournois, lui dis-je en attachant mes cheveux sans perdre de temps.

Il m'agrippe la cuisse et m'attire vers lui, dans l'eau du bain, portant vers mes lèvres la flûte à champagne. Je bois une gorgée, puis il sirote au même verre que moi, sans détacher de mon regard ses yeux aigue-marine. Je pourrais me noyer dans ces yeux. Tout mon corps, du cou jusqu'au ventre, se réchauffe en un seul regard.

J'interromps le contact visuel et je jette un œil autour de moi.

— Où est le chocolat ? Nous devrions en prendre avec le champagne.

Nous sommes aux petites heures du jour, environ quatre heures du matin. Le chocolat, ce serait un petit-déjeuner idéal et je commence à avoir faim.

Il ne répond pas. Au lieu de ça, il me ressert du champagne, inclinant le verre pour me permettre de boire une bonne gorgée. Ça m'est égal. C'est délicieux, meilleur que tous les autres champagnes que j'ai bus. Il termine la flûte et la pose sur le rebord de la baignoire.

Il prend alors mon visage en coupe.

— Je vais te dire quelque chose et je ne veux pas que tu sois fâchée.

Je cligne des paupières. En temps normal, je redouterais une mauvaise nouvelle, mais c'est impossible dans ce bain relaxant, épuisée par de nombreux orgasmes, après avoir bu du champagne l'estomac vide.

—Qu'y a-t-il ?

Un sourire danse sur ses lèvres.

— Ce n'était pas une boîte de chocolats que j'ai fait livrer. C'était une boîte de préservatifs.

Je l'éclabousse.

— Phillip ! Je me faisais une joie de déguster ce chocolat !

Il éclate de rire en essuyant l'eau de ses yeux.

— Tu veux que je commande du chocolat ?

— Mon Dieu, non. Ils croiraient que nous demandons d'autres préservatifs.

— Je me ferai clairement comprendre.

Je rougis en imaginant cette conversation. *Non, pas de capotes cette fois, nous en faisons encore bon usage, merci. Oui, je veux des chocolats, cette fois-ci.*

— Non, merci.

— D'accord.

Je pose mes mains sur mes joues brûlantes.

— Je suis tellement gênée.

— Tu avais trop envie de moi. Que voulais-tu que je fasse ? Que je nie tes besoins les plus élémentaires pour aller à la pharmacie ?

Il pose les mains de part et d'autre de sa bouche en annonçant :

— Ohé, tout le monde ! Le prince Phillip Rourke a besoin d'une boîte de préservatifs !

J'éclate de rire et il sourit.

— Je devais être discret.

— Pourquoi tu ne m'as pas dit ce que c'était ?

Posant la main sur ma nuque, il m'attire à lui pour un bref baiser.

— Parce que tu étais déjà nerveuse à l'idée que les gardes soient tout proches et je ne voulais pas te faire stresser en te disant que j'avais demandé à la conciergerie de cacher une dizaine de préservatifs dans une boîte de chocolatier. C'est une bonne chose que tu ne comprennes pas le français. Je peux te surprendre en t'offrant des préservatifs en guise de cadeau attentionné.

— C'était attentionné, dis-je en souriant.

C'est plus fort que moi. Sa considération pour mes sentiments dépasse ce dont je croyais un homme capable.

— Attends, tu n'utiliserais pas mon ignorance du français contre moi, tout de même !

Il porte une main à son cœur.

— Tu m'as blessé. Remercie-moi pour les préservatifs.

Je grimpe sur ses genoux, refermant les bras et les jambes autour de lui.

— Merci.

Il glisse mes cheveux derrière mon oreille et prend mon menton dans sa main.

— Quand tu es avec moi, tu dois t'habituer à être sous les projecteurs. Et à faire les choses un peu différemment.

— Par exemple, commander des préservatifs déguisés en chocolats.

Il m'embrasse et sourit contre ma bouche.

— Exactement.

À mon tour, je l'embrasse avec passion, exprimant tout ce que je ressens pour cet homme merveilleux. Il n'y a que de l'avidité en moi, un besoin qui devient plus intense à chaque rapprochement. J'en ai besoin. J'ai besoin de lui.

Quelques heures plus tard, je sors de la douche et je m'enroule dans une serviette blanche moelleuse. Phillip est toujours sous le jet, ses paumes contre le carrelage et la tête basse. Il reprend son souffle. Je suis plutôt satisfaite de mon travail. C'est un jeu amusant. Après notre bain, nous sommes retournés au lit, nous avons fait l'amour, dormi, refait l'amour, et plusieurs heures après, nous avons rejoint la douche. Je viens de lui faire une fellation dont il n'est pas près de se remettre. C'était la moindre des choses alors qu'il m'avait demandé très poliment si j'acceptais de me laisser attacher aux colonnes de lit pour lui laisser le contrôle de mes orgasmes. Je jure qu'après le cinquième, j'ai presque perdu connaissance.

Je m'empare d'une autre serviette pour la lui claquer sur les fesses. Il se raidit et plisse les yeux.

— Dépêche-toi, Rourke. Nous devons nous habiller avant de manger quelque chose.

Il prend la serviette, la noue autour de sa taille et s'avance dans mon espace personnel.

— Le pouvoir, c'est ta drogue.

Je souris.

— C'est vrai. Tu ne peux t'en prendre qu'à toi. C'est toi qui m'as appris à jouer.

Il referme le poing dans mes cheveux et me tire la tête en arrière, inclinant mon visage vers lui pour m'embrasser.

— Putain, qu'est-ce que j'aime ça !

Ce que j'entends, c'est : *qu'est-ce que je t'aime*. Avec ferveur, intensité, sincérité.

Je le dévisage, attentive à son expression, le cœur battant à mes oreilles. Nous ne l'avons toujours pas dit. J'en suis à la fois terrifiée et folle de joie.

Il me regarde sans sourciller.

— Viens avec moi sur la tournée Global Soleil & Eau.

Je ravale la boule d'émotion dans ma gorge.

— Phillip, je sais que nous avons passé une nuit merveilleuse ensemble, mais nous étions d'accord sur les délais.

— Ça ne dure que cinq semaines.

— Je dois rentrer chez moi.

Il me lâche les cheveux et je sors de la salle de bain embuée à la recherche de mes vêtements, que je n'ai pas portés depuis que nous sommes arrivés dans l'oasis de cette chambre d'hôtel.

Il me regarde pendant un moment avant de se détourner, rassemblant ses affaires. Nous nous habillons en silence.

Retour à la réalité.

Il nous commande à manger au service d'étage. Maintenant, c'est un peu gênant. Je me tords les mains, dépitée que nous en soyons arrivés là après ces moments de rêve et cette véritable affection échangée.

— Je vais parler aux gardes, dit-il avant de partir.

Je m'approche de la fenêtre sans vraiment voir le paysage, soudain épuisée. Je n'ai dormi que par brefs intervalles la nuit dernière. Je sais qu'une longue nuit de sommeil ne suffira pas à atténuer la sensation de lourdeur dans mes membres. Je dois rentrer chez moi. J'ai des opportunités de carrière et ma petite sœur sera bientôt là. Ma carrière et ma famille sont importantes à mes yeux. Je ne me berce pas d'illusions. Après cinq semaines avec Phillip, ce sera trop difficile de me détourner de lui. Je suis en train de tomber amoureuse et ça n'ira pas en s'arrangeant. Cela ne signifie pas que j'obtiendrai un quelconque engagement en retour. J'en souffrirai, voilà tout. Je ne suis pas prête à revivre cet enfer.

J'ai eu raison de le rejeter. Mon ventre se noue et je prends une profonde inspiration. Même si ma décision me paraît minable, la réponse doit rester non.

Phillip revient quelques minutes plus tard. Il me prend la main et me guide vers le sofa, prenant place à côté de moi.

— Écoute-moi bien. Je ne te demande que cinq semaines de ton temps. Viens seulement avec moi dans la tournée Global Soleil & Eau. Tous frais payés. Sans engagement. Ensuite, tu pourras rentrer chez toi et je commencerai mon travail pour l'ONU.

Je ferme les yeux un moment, troublée par la sincérité de son intonation. C'est tellement plus facile de dire non quand je ne le regarde pas. Je me persuade qu'il est impossible que nous passions plus de temps ensemble sans risquer de finir le cœur brisé. Cela ne fera que repousser la rupture inévitable. Je jette un œil vers lui. Il a les yeux rivés aux miens, le regard plein d'espoir.

J'expire.

— Phillip, ma carrière commence juste à décoller. Seize amies d'Anna attendent que j'aille les voir à domicile pour les conseiller. Ce sera la première fois que je serai entrepreneure et ça pourrait bien marcher. Après avoir été au plus bas, j'aimerais tellement prouver ma valeur. Et tu sais que je vais bientôt avoir une petite sœur. J'ai envie de faire partie de sa vie, alors je dois rentrer chez moi.

Je ne mentionne pas la peine de cœur inévitable. Mon cœur se brise déjà, rien qu'en sachant que ce sont nos adieux.

— Tes nouvelles clientes peuvent attendre cinq semaines, et ta sœur ne sera pas là avant quatre mois encore. Nous pourrions prolonger cette expérience incroyable. Tu as aimé, n'est-ce pas ?

J'ai peut-être mal compris ses intentions. Je suis là, à m'apitoyer dans mes émotions intenses, alors qu'il considère cela comme une extension de Paris, un moment agréable sans engagement. J'aimerais pouvoir profiter du moment comme lui. Pourtant, si j'accepte de m'amuser et de passer cinq semaines supplémentaires avec lui, j'en sortirai changée. Je tomberai amoureuse à cent pour cent. Ce sera impossible de protéger mon cœur. Le risque est trop élevé. Je ne vois pas comment cela pourrait fonctionner entre nous sur le long terme, avec nos vies si différentes, si tant est qu'il veuille d'une relation engagée. Ce qui n'est absolument pas certain.

— Phillip…

— Réponds à la question.

Il pose sa main sur ma mâchoire et son doigt caresse le point sensible sous mon oreille, me donnant le frisson.

— Tu as aimé ?

— Oui, dis-je dans un souffle.

Je suis incapable de résister à son contact. Je fonds pour lui.

Il m'adresse un sourire.

— Alors, continuons. Pourquoi tourner le dos à quelque chose de bien ?

Je déglutis péniblement, m'efforçant de demander :

— Tu veux dire que ce serait une autre bulle, mais auprès de Global Soleil & Eau ?

J'ai besoin de savoir quelle est sa position : relation désinvolte ou étape supérieure.

Il se penche et me regarde dans les yeux.

— Plus de bulle. Il s'agit de toi et de moi. Je sais que le timing tombe mal, puisque nous partons chacun dans une direction opposée. Je sais que tu as une vie chez toi. Mais, Ruby, j'ai des sentiments, des sentiments profonds, et si toi aussi, alors je pense que tu devrais nous donner une chance. Juste un peu de temps.

Mon cœur cogne dans ma poitrine, à la fois effrayé et plein d'espoir. Je ne suis pas seule à évoluer en eaux troubles. Peut-être, seulement peut-être, c'est un risque qui en vaut la peine.

— Et ensuite ?

Avec délicatesse, il glisse une mèche de cheveux derrière mon oreille et ce geste tendre me fait craquer.

— Nous traverserons ce pont le moment venu. Profitons de l'instant. T'en sens-tu capable ?

Je me mords la lèvre, les yeux brûlants de larmes. J'ai tellement envie de profiter de l'instant, parce que ça veut dire que je peux l'avoir.

— J'ai besoin de temps, dis-je avant de me lever. Je vais marcher un peu, m'éclaircir les idées.

— Mais le repas arrive bientôt.

— Je trouverai quelque chose dehors.

Il sort son portefeuille et me tend quelques billets.

— Je serai là. Prends tout le temps qu'il te faudra. Appelle-moi si tu te perds.

J'accepte l'argent, car je n'ai que des dollars américains.

— Merci.

Je récupère mon manteau, mon sac à main et je franchis la porte en trombe. Les gardes me saluent par un hochement de tête, mais ils ne semblent pas étonnés par mon départ soudain. Je ne sais pas s'ils écoutaient ou si toutes les femmes de Phillip s'éclipsent après leur nuit ensemble. *Arrête. Il tient à toi.*

Avant toute chose, j'ai besoin de manger pour bien réfléchir. Je m'arrête dans une petite pâtisserie et je me prends un croissant au chocolat et du café. C'est exactement ce dont j'ai besoin, le croissant sucré au beurre et la caféine qui me réveille.

Je jette un regard circulaire avant de me diriger vers un parc au loin. Une fois là-bas, je parcours toutes les allées dans les deux sens, puis je finis par m'asseoir sur un banc. Si je rentre chez moi, dans ma famille et mon entreprise naissante, je tourne à jamais le dos à Phillip. Ma gorge se noue. Je suis déjà trop accro pour savoir que ce sera difficile. Je l'apercevrai aux actualités quand il travaillera pour son organisme caritatif, donnant son nom et sa touche personnelle à une noble cause. Paris et notre parenthèse à Villroy ne seront qu'un souvenir précieux et doux-amer. En même temps, si je voyage avec lui pendant cinq semaines pour la tournée Global Soleil & Eau, à bâtir d'autres souvenirs avec lui, ça se terminera de la même manière et je rentrerai à la maison sans lui.

Dans tous les cas, Phillip reste un souvenir aussi précieux que doux-amer.

Dans tous les cas, je termine seule.

Dans tous les cas, je suis amoureuse de lui.

C'est la vérité. Il est trop tard pour protéger mon cœur. La seule question, c'est de savoir si quelque chose peut changer pendant ces cinq semaines, m'évitant de finir seule. Comme l'a dit Phillip, est-ce que cela vaudrait la peine de nous donner une chance ? Un avenir commun est-il possible ?

Il va devenir l'ambassadeur des Nations Unies pour l'Eau Potable et il voyagera partout où l'on aura besoin de lui. Moi, j'ai une vie à Tampa. Il perdrait son temps là-bas. Sa place est sur la scène mondiale et je ne serais qu'un arrière-plan, une annexe à son travail. J'ai envie de quelque chose pour moi. Où serait notre terrain d'entente ?

Ce ne sont que cinq semaines, murmure une voix dans ma tête. *Prends le bonheur que tu peux.*

Lentement, je me lève. J'ai envie d'être heureuse.

J'ai envie de Phillip.

C'est tout ce qui compte. Nous avons une relation spéciale tous les deux. Je veux profiter de ces moments, parce que ces moments sont tout ce que nous avons. Dans la vie, rien n'est sûr et l'amour vaut la peine qu'on prenne des risques.

Je me retourne et rentre d'un pas vif en direction de l'hôtel, le cœur battant, les joues rouges et le pas léger. Soudain, je prends conscience que je souris. Je traverse le hall d'entrée en hâte et remonte dans notre suite, où je frappe à la porte.

— C'est Ruby.

Je n'ai pas de clé. La voix de Rafe me parvient de l'autre côté :

— Ruby pour vous, monsieur.

C'est bon, confirmation par les gardes. La porte s'ouvre et le regard de Phillip se pose sur moi.

Lorsque j'entre, la porte se referme dans mon dos. Aussitôt, je lève les bras, un sourire éclatant au visage.

— Oui !

— Ruby.

Ce seul mot est tellement chargé : chaleur, gratitude, bonheur. Il m'attire dans ses bras et je me fonds contre lui, enroulant mes bras autour de sa taille et posant mon visage contre son torse, emplie d'un profond sentiment de satisfaction. C'est notre moment et il est parfait. Je ne doute pas qu'il tient à moi autant que je tiens à lui. Je ne penserai pas à l'avenir. Je dois profiter de l'instant présent.

Il dépose un baiser sur ma tête.

— J'ai un bon pressentiment. Merci.

Je lève les yeux vers lui en m'efforçant de garder un ton léger.

— Ne me remercie pas, tu risques de te lasser de moi.

Nous risquons de nous détruire l'un l'autre. Je ravale mes appréhensions. Tout ce qui compte, c'est ici et maintenant. Je n'en reviens pas de prendre une telle décision. On dirait cette bouffée d'adrénaline, quand le wagonnet remonte péniblement la pente des montagnes russes et que l'on est conscient de la descente imminente. *Je plonge, bébé !*

— Je ne pourrais jamais me lasser de toi.

Il m'étreint et tout mon corps se détend. Comment puis-je avoir peur alors que je me sens si bien dans ses bras ?

Il se redresse.

— Les médias seront très présents. Je ne nie pas que ce sera très positif pour ma réputation d'être vu avec toi pendant cinq semaines après toute cette histoire de beau gosse royal. Ça te dérangerait qu'on laisse croire aux gens que nous sommes dans une relation sérieuse ?

J'apprécie déjà l'orientation que prend cette aventure.

— Je suis ravie de te redorer le blason. Que veux-tu que je fasse ? Je dois faire comme si nous étions fiancés ou quelque chose comme ça ?

— Non. Tu n'es pas obligée de mentir. Tu n'as qu'à me regarder avec adoration comme tu le fais là.

Il m'adresse un clin d'œil et je ris tout bas. *Je fais ça, moi ?* Je devrais me sentir gênée, mais je m'amuse trop pour prétendre le contraire.

— La presse et les ragots créeront leur propre version des événements. C'est parfait si l'on nous voit ensemble, toi et moi, en train de faire un excellent travail pendant les cinq semaines de tournée.

— Waouh. Une tournée mondiale. C'est génial.

— Ce ne sont pas des vacances, précise-t-il avec une grimace. Certains endroits sont difficiles, mais les gens sont merveilleux.

— Où allons-nous ?

— Afrique, Asie du Sud-ouest, Moyen-Orient et Inde.

Ça alors.

— Tu savais que mon voyage à Villroy, c'était la première fois que je quittais les États-Unis ?

— Non. Et tu aimes voyager avec moi jusqu'à présent ?

— J'adore.

Il sourit. Son regard est si chaleureux que j'y décèle de l'amour. En moi, tout s'éclaire, à l'intérieur comme à l'extérieur. Mon cœur est sur le point d'éclater. Lentement, je me penche et je l'embrasse. Encore un moment parfait. J'en ferai la collection comme s'il s'agissait de perles sur un collier et je les chérirai, car c'est un cadeau magnifique. Un moment après l'autre, une perle après l'autre, personne ne pourra me l'enlever.

11

Phillip

Nous retournons au palais le samedi, à temps pour rejoindre Anna, Gabriel et leurs invitées au dîner dans la salle à manger des grandes occasions. Nous avons pris du retard à Paris parce que je devais emmener Ruby chez le docteur pour sa vaccination contre la fièvre jaune et son certificat de santé. Quand Ruby verra le travail important que j'effectue avec Global Soleil & Eau, elle se joindra à la cause et elle m'accompagnera dans mon prochain voyage pour l'ONU en faveur de l'eau potable. Cela pourrait devenir notre vocation commune. Je sais qu'elle a envie de « prouver sa valeur » dans sa carrière, mais il n'y a aucune comparaison possible entre la décoration et la mission d'apporter l'eau potable à ceux qui en ont désespérément besoin. Mon travail est plus important et pourrait être le sien aussi. Nous trouverons le temps de rendre visite à nos familles. Elle ne manquera de rien. J'expire vivement. Si je m'emballe, c'est parce que…

Je l'aime.

J'en suis conscient et je sais qu'elle aussi. J'en ai assez de résister, de m'inquiéter des risques. C'est un simple fait. J'ai l'impression qu'avec elle, mon incapacité à m'engager ne tient plus. Sa place auprès de moi est tellement naturelle, facile. Je suis enfin heureux pour la première fois depuis très longtemps. Je suis enthousiaste et je ferai mon possible pour la convaincre. Anna va devoir s'y habituer. Honnêtement, dès que nous avons quitté Villroy, j'ai été trop obnubilé par Ruby pour songer à la mise en garde d'Anna. Aucune importance. J'aime Ruby et je ne lui ferais jamais aucun mal.

Je la conduis vers une chaise à côté de la place d'Anna, en bout de table avec Gabriel, et je la tire pour qu'elle s'y installe. Le roi et la reine ne tarderont pas à arriver. Les amies d'Anna entrent les unes après les autres en discutant avec animation.

Ruby lève vers moi un regard plein d'amour. Je n'ai pas besoin de mots pour comprendre ce qu'exprime son beau visage. Elle m'aime.

— Merci, dit-elle en prenant le siège que je lui propose. Apparemment, les princes sont éduqués aux bonnes manières.

J'éclate de rire et je prends place à côté d'elle.

— Et à tant d'autres choses.

Elle se penche et m'embrasse.

— À qui le dis-tu ?

— Oh, mon Dieu ! s'écrie soudain une femme. Vous êtes ensemble, tous les deux ? Le rendez-vous a dû être magique !

C'est la femme aux cheveux noirs qui a misé des sommes folles sur moi.

— Oui, nous sommes ensemble, lui dis-je. Désolé, j'ai oublié votre nom.

— Mindy.

— Merci pour votre enchère, Mindy. C'était pour une bonne cause. Je sais qu'Anna est enchantée.

Elle hoche la tête et se tourne vers Ruby.

— Alors, il t'a vraiment emmenée à Paris ?

— Oui, répond-elle avec un petit sourire. Un dîner à Paris. Et Phillip a joué les guides touristiques.

— Waouh. Les autres princes sont restés sur l'île. Pique-nique sur la plage, dîner privé dans la salle à manger royale, ce genre de choses. Tu as eu de la chance.

—Oui. C'est vrai.

Ses joues virent au rose et elle me lance un regard désespéré, comme pour me supplier de voler à son secours.

Je souris à Mindy.

— Ruby est arrivée tôt pour aider à préparer la suite royale. Nous avons bien appris à nous connaître au cours de son séjour. C'est pour ça que notre rendez-vous était un peu plus élaboré que ceux des autres.

Mindy hoche la tête.

— Ruby, j'attends avec impatience ta consultation. Je viens d'acheter une maison et c'est encore une ardoise vierge. J'ai hâte de voir ta magie à l'œuvre.

— Avec plaisir ! répond Ruby. Moi aussi, j'ai hâte. Je serai de retour à Tampa début novembre. Dans cinq semaines environ. Si ça te convient ?

Mindy se renfrogne.

— Dommage. J'espérais vraiment meubler avant Thanksgiving. Je reçois, cette année.

— Je pourrais t'aider par e-mail, ou si tu m'expliques ce qui te plaît, on pourrait voir quelques idées ensemble avant ton départ.

— Ça ne fait pas beaucoup de temps. Je pars demain.

— Désolée, dit Ruby. Mais je serai disponible à mon retour. Je suis impatiente de travailler avec toi.

Je perçois un accent de désespoir dans sa voix.

— Bien sûr, répond Mindy avec un sourire pincé.

Aussitôt, Ruby se lève pour aller bavarder avec les autres femmes, sans doute afin de confirmer sa nouvelle clientèle. Elle sourit avec éclat, mais je vois bien qu'elle est tendue. Elle a peur de les perdre. Si elle est avec moi, elle n'aura pas besoin de travailler, toutefois je garde ça pour moi. Elle veut prouver sa valeur, mais je sais qu'elle a d'autres façons de le faire.

Quand elle revient s'asseoir, je lui chuchote :

— Essaie de ne pas paraître trop désespérée. Il vaut mieux avoir l'air assurée, comme si tu étais déjà très demandée.

Elle me sourit de toutes ses dents avant de murmurer :

— Je suis désespérée. J'ai vraiment besoin de ce travail.

Au même moment, un domestique ouvre la porte de la salle à manger et annonce :

— Leurs Majestés, le roi Gabriel et la reine Anna.

Tout le monde se lève. J'incline la tête et je fais signe aux amies d'Anna, qui ne connaissent pas le protocole royal, de suivre mon exemple. Ruby penche respectueusement la tête et les femmes l'imitent. Pour l'occasion, Gabriel porte un costume gris clair. Anna est en robe noire sans manches qui épouse les formes voluptueuses de son corps. Maintenant qu'elle est reine, elle a décrété que les épaules nues convenaient très bien aux femmes de son rang, même si elle s'est pliée à certaines exigences, notamment en couvrant son décolleté depuis que sa garde-robe légère a fait les choux gras de la presse à scandale. Elle convient que ce n'est pas le genre de publicité qu'elle souhaite attirer sur la monarchie de Villroy, même si elle les a copieusement traités de coincés. Malgré ça, l'avenir de Villroy lui tient à cœur.

Gabriel l'accompagne, la main au creux de son dos. Il la guide en direction de leurs chaises. En tant que roi, de sang noble, sa place est en tête de table et celle de sa femme à côté de lui.

Il attend qu'elle soit assise pour prendre place à côté d'elle.

— Installez-vous, dit Gabriel aux convives avec un sourire chaleureux. C'est un plaisir de vous voir tous.

Waouh. Avant Anna, Gabriel n'était pas un homme très souriant. C'est formidable.

Anna est rayonnante.

— Merci à tous vos efforts pour nous aider, Gabriel et moi, dans notre projet passion. C'est grâce à vous que nous pouvons enfin passer à la prochaine phase, le spa de jour et la collection de produits de beauté naturels. Vous êtes tous invités à revenir pour vous faire plaisir gratuitement au spa quand nous serons prêts. Je tiens à ce que vous soyez mes tout premiers clients !

Les femmes applaudissent en bavardant avec animation.

— Merci !

— Tu es la meilleure !

— Tu assures, Anna !

— Ah, reprend la principale intéressée. Ne me remerciez pas encore. En réalité, vous êtes mes cobayes. Je sais que je peux compter sur votre opinion honnête. Et puis, vous êtes des habituées des spas.

Les femmes sont fébriles, à l'exception de Ruby. Elle paraît soucieuse. Peut-être pense-t-elle encore à la perte potentielle de ses nouvelles clientes.

Les serviteurs apportent le premier plat et le silence retombe dans la salle.

Anna est assise à côté de Ruby. Elle se penche pour me regarder.

— Phillip, Ruby me dit que tu es attentionné avec elle. Continue comme ça, d'accord ?

— Oui, Votre Majesté, dis-je à mi-voix.

Elle éclate de rire.

— D'accord, on peut le dire, je t'ai mal jugé. Je suis contente tant qu'elle est contente. Ruby, je suis heureuse pour toi que tu participes à cette tournée !

Ruby a appelé Anna pour l'avertir des changements dans ses projets de voyage et je suppose qu'elle lui a également parlé de notre relation. Je suis dans une relation avec elle, et tout compte fait, ce n'est pas aussi effrayant que ce mot le laissait penser. Au contraire, c'est merveilleux.

— Je suis tout excitée par cette tournée, dit Ruby avant de baisser la voix.

Je dois me pencher pour l'entendre.

— Je crains un peu qu'à mon retour, ma carrière soit toujours au point mort. J'étais contente d'avoir toutes ces clientes potentielles. Jusqu'à présent, tes amies n'ont pas envie d'attendre. Je comprends. Elles sont dynamiques, et quand je rentrerai, ce sera juste avant les vacances – Thanksgiving, Noël et le Nouvel An. Elles ne veulent pas que leurs maisons soient en chantier pendant la période des fêtes, ce qui reporte encore les changements.

Anna me décoche un regard perçant. Je ne sais pas vraiment ce qu'elle attend de moi, alors je lui dis ce qui vient du cœur :

— Tu vaux la peine d'attendre, Ruby. Elles verront bien.

Ruby lève les yeux au ciel et murmure :

— Ce n'est pas aussi simple. Les Américains n'aiment pas

attendre. Ils ont l'habitude d'avoir une satisfaction immédiate. Elles passeront à autre chose.

— Alors, tu trouveras un autre travail.

Anna acquiesce.

— Tu retomberas sur tes pattes, Ruby. J'adorerais t'offrir un boulot, mais j'ai bien peur que nous n'ayons pas besoin de décoration d'intérieur dans l'immédiat.

— Moi aussi, je t'aiderai à trouver du travail, lui dis-je. Un meilleur travail.

Elle fronce les sourcils.

— Comment ça, un meilleur travail ?

J'hésite. Je ne veux pas affirmer que son travail n'est pas important, mais avec du recul, c'est pourtant le cas. Je réponds à voix basse :

— Ce n'est pas un délai de cinq semaines qui va ruiner ta carrière.

Elle ouvre la bouche, puis elle la referme.

— Ce n'est pas le moment d'en parler.

— Je suis d'accord.

Elle pique une crevette du bout de sa fourchette.

— Mais je ne sais pas si tu comprends le concept de carrière, étant donné que tu es un prince.

Anna écarquille les yeux et se tourne pour discuter avec Gabriel. Il est vrai que Ruby s'est montrée un peu brusque. Je ne compte pas me disputer avec elle. Elle comprendra bientôt quelle voie est la bonne.

J'aborde un sujet plus urgent :

— Demain, nous passerons en revue l'itinéraire avec l'attaché de presse. Il nous accompagnera, avec les agents de sécurité et mon valet. Aimerais-tu avoir une femme de chambre à ton service ?

— Je me débrouillerai très bien toute seule.

Encore cette brusquerie.

Je tente une plaisanterie :

— C'est parce que ta femme de chambre en pince pour moi et que tu es folle de jalousie ?

Elle me lance un regard en coin et je souris. À son tour, elle se déride.

— Tu as pris la grosse tête.

— Ça va très bien avec mes épaules larges.

Anna croise mon regard et elle me sourit. Je me sens encouragé de savoir qu'elle approuve notre relation après m'avoir pourtant demandé de garder mes distances. Ruby aura déjà une amie proche au palais, ce qui facilitera sa transition vers une existence royale. Il me suffit de consolider notre couple au cours des cinq prochaines semaines. Et ça commence maintenant.

Je me penche pour chuchoter à son oreille :

— Tu dormiras dans ma suite au palais dès ce soir.

Elle rétorque avec vigueur :

— Tu pourrais me présenter les choses sous forme de questions, par moments, *Votre Altesse*. Sinon, j'ai l'impression que tu me donnes un ordre, ce qui est très désagréable pour une femme indépendante comme moi. Juste pour info.

Elle ne m'a jamais appelé *Votre Altesse*, pas même lorsque nous nous sommes rencontrés, alors que ce titre aurait été parfaitement approprié. Elle doit vraiment être agacée par cette histoire de clientèle potentielle.

— Mais ce n'est pas une question. C'est un fait.

— Ça te dirait de me rejoindre dans ma suite ? demande-t-elle alors.

— Non, ma chérie. C'est toi qui viens dans la mienne.

Elle me dévisage.

— J'ai du mal à savoir si tu es délibérément obtus ou si tu as tellement l'habitude d'obtenir ce qui t'arrange que tu ne connais pas d'autre façon de faire.

Je me penche sur mon entrée à la crevette. Dans tous les cas, ce n'est pas bon pour moi. Et puis, la première proposition était la bonne. Je peux être très conciliant, mais pas avec elle. Pas tant que je n'aurai pas consolidé notre relation. Une fois que nous serons un couple officiel, je lui donnerai tout ce qu'elle veut aussi longtemps qu'elle restera à mes côtés.

Elle se penche.

— Je suis généreuse, je veux bien dire que tu es volontairement obtus parce que tu me désires. Je préfère le penser, du moins. En fin de compte, s'il s'avère que tu es un enfoiré trop autoritaire, eh bien, ça ne marchera pas entre nous.

Je secoue la tête.

— Encore une fois, tu me blesses, Ruby. Allez, remercie-moi pour cette gentille invitation.

Elle tourne vivement la tête vers moi. Je m'efforce de rester impassible et elle finit par sourire. Elle ne peut pas être fâchée très longtemps, parce qu'elle m'aime.

— Tu m'offres tant de choses dont je devrais te remercier, me dit-elle, radieuse.

— C'est vrai, je suis très princier.

Elle s'appuie contre moi pendant un moment, appuyant son épaule sur mon bras avant de se redresser pour boire une gorgée de vin.

— Je nous ai fait livrer une autre boîte de chocolats.

Elle s'étrangle avec son vin et je lui donne une tape dans le dos. Elle a compris ce que je voulais dire.

— Cinq, plus précisément. Le voyage sera long.

— Tout va bien par ici ? nous demande Anna.

Je hoche la tête.

— Ça va. Elle vient d'avaler de travers, c'est tout.

Ruby lève un doigt tout en toussant. Enfin, elle se calme, s'essuie les yeux et répond à Anna :

— Ton beau-frère a un curieux sens de l'humour.

— Vraiment ? fait Anna en posant le menton sur sa main. Qu'y a-t-il de drôle ?

Ruby se tourne vers moi, mais je garde la bouche fermée. Je ne vais pas partager cette plaisanterie.

— Oh, alors, c'est cochon, fait Anna en se tournant vers Gabriel. Ils ont des blagues cochonnes.

— Salon, répond Gabriel, impassible.

Je ne suis pas certain de comprendre. Il veut qu'elle le rejoigne dans le salon ? À moins que j'aie mal compris.

Anna glisse la main sous la table et Gabriel sursaute.

— Ça va, chéri ? demande-t-elle. Tu t'es laissé surprendre par un alligator ?

Ruby éclate de rire.

— Nous avons beaucoup d'alligators en Floride. Il faut

toujours faire attention à ne pas laisser de petits chiens dans les jardins, sinon les alligators risquent de les surprendre et de les croquer.

Gabriel fusille Anna du regard, et elle lui répond par un sourire tendre.

Elle est parfaite pour lui. Tout comme Ruby est parfaite pour moi. Maintenant, je dois lui faire comprendre que nos vies peuvent se réunir dans une vocation commune.

~

Ruby

Le voyage commence par la Tanzanie. Nous avons la chance de prendre le jet privé, si bien que le trajet n'est pas un problème. D'abord, nous retrouvons l'équipe de Global Soleil & Eau, en provenance d'Angleterre. Leur ONG a commencé dans le département d'ingénierie d'une université. Phillip les salue chaudement et me présente comme sa « petite amie sensibilisée à la cause ». Aussitôt, je suis accueillie à bras ouverts. Ils ont besoin de tous les bras disponibles. Nous visiterons des villages où des pompes à eau à énergie solaire ont déjà été installées. Il faudra en réparer certaines et vérifier leur bon fonctionnement, sans parler des villages qui recevront une pompe pour la première fois. Ils m'expliquent qu'ils ont formé des locaux à la maintenance, mais que ce n'est pas toujours facile pour eux de se faire livrer les éléments nécessaires. De nombreuses composantes sont volées avant d'atteindre leur destination.

Avant l'expédition au village, je rencontre avec Phillip le président de Tanzanie et plusieurs haut-dignitaires de son administration. Nous participons à un déjeuner officiel. Phillip semble parfaitement dans son monde. Je fais de mon mieux pour m'y conformer, suivant son exemple en matière de protocole et de bonnes manières. Mais ce n'est qu'en arrivant au premier village après un long trajet en Jeep, à travers des savanes chaudes et poussiéreuses que je découvre Phillip en dehors de son rôle princier. C'est une révélation.

Les enfants accourent vers la Jeep alors que nous approchons du village et Phillip sourit en les saluant. Une fois que nous sommes garés, Henry et Rafe, les gardes du corps, sortent pour écarter les enfants. Les adultes du village attendent, en retrait. Il y a un vaste abri ouvert ainsi que plusieurs maisons sans portes ni fenêtres, simplement des murs et un toit. Au loin, le soleil se reflète sur les panneaux solaires, alimentant en énergie la pompe à eau.

Phillip sort de la Jeep et il m'aide à descendre avant de demander à Rafe de reculer. Enfin, il salue les enfants :

— Bonjour ! Comment ça va ?

Il tend les deux mains et les enfants viennent lui taper dans les paumes. Il l'a déjà fait, c'est peut-être même lui qui leur a appris ce geste.

— Cette jolie dame, c'est Ruby. Dites bonjour à Ruby !

— Bonjour, Ruby ! reprennent en chœur les enfants.

— Bonjour, tout le monde !

Je souris en agitant la main. Je suis déjà trempée de sueur malgré ma robe en lin, mon chapeau et mes sandales. Phillip aussi transpire dans sa chemise et son pantalon en lin.

Il me sourit avant de se tourner vers une petite silhouette dans l'ombre d'un porche.

— David !

Il se tourne vers moi.

— Viens rencontrer David.

À grands pas, il rejoint l'abri où nous attend un garçon en fauteuil roulant. Ce dernier sourit timidement. Il doit avoir cinq ou six ans. Ses jambes se terminent aux genoux.

Phillip s'accroupit pour le regarder dans les yeux.

— Je suis content de te revoir, David. J'ai amené mon amie, Ruby.

David me sourit et se tourne vers Phillip.

— Je peux lire un chapitre. Je me suis entraîné.

— Super, montre-moi. Tu as la tablette avec toi ?

Le garçon hoche la tête en tendant le doigt derrière lui.

Phillip se lève et fouille dans le sac accroché au dossier du fauteuil, d'où il sort une tablette numérique. Il la tend à David et se met à genoux pour l'écouter, la tête penchée vers le sol.

David appuie sur plusieurs boutons et commence à lire

l'histoire d'un chiot espiègle. La lecture est laborieuse et il s'arrête à quelques reprises au début, bafouillant pour déchiffrer les mots. Phillip lève la tête une fois que David a repris de l'assurance et il l'écoute avec une attention sans faille, hochant la tête plusieurs fois pour l'encourager.

Enfin, l'enfant termine et repose la tablette sur ses genoux.

— Excellent ! s'exclame Phillip. Très impressionnant. Je ne lisais pas aussi bien avant mes six ans, et tu n'en as que cinq.

David rayonne.

— Continue comme ça, dit Phillip. N'oublie pas ce dont nous avons parlé. L'éducation ouvre des portes. Ça te donne quelle possibilité ?

— D'avoir un bon travail, complète David.

— Exactement. Tu as envie de voir l'intérieur de la pompe ? Nous allons la réparer.

— Oui ! s'exclame le garçon.

Phillip range la tablette dans le sac et pousse le fauteuil en direction de la pompe, me faisant signe de les rejoindre. D'autres enfants se regroupent pour regarder, mais à présent, ils ont tous leurs propres tablettes pour raconter à Phillip ce qu'ils ont appris.

Je m'attarde un moment pour regarder Phillip discuter avec les enfants et quelques adultes occupés à l'entretien de la pompe. Il fait en sorte que chaque enfant se sente spécial. Mes ovaires sont survoltés. Il se souvient de tous les noms, ou presque, et il s'arrange pour maintenir les enfants à l'écart des ouvriers concentrés. L'attaché de presse prend plusieurs photos et me demande de me rapprocher de Phillip.

Je me fraye un chemin dans la foule d'admirateurs. Phillip se tourne alors vers moi.

— Regarde ce qu'a fait Emmanuel en ligne. Il en est déjà à l'algèbre et il n'a que dix ans !

— Waouh, c'est formidable ! Alors, vous apprenez tout en ligne ? Ou vous allez à l'école ?

— Les deux, me dit une femme. Bonjour, je m'appelle Irène. Je dirige l'école, et maintenant avec les ordinateurs et les tablettes que Son Altesse le prince Phillip nous a offerts, nous pouvons aller plus loin et apprendre plus de choses en ligne.

— C'est fabuleux.

Je me tourne vers Phillip, qui sourit avec modestie. Il ne m'a jamais dit qu'il était impliqué dans le développement des technologies dans le cadre scolaire.

— Oui, renchérit Irène avec enthousiasme. Et maintenant, les filles aussi vont à l'école.

J'ouvre grand les yeux.

— Ce n'était pas le cas avant ?

— On avait besoin d'elles pour aller chercher l'eau, me dit-elle à voix basse avant de désigner la pompe. Maintenant, c'est la machine qui le fait, alors elles peuvent venir à l'école.

— Je suis ravie de l'apprendre.

Je suis stupéfaite. Il ne m'était pas venu à l'esprit que les filles puissent être privées d'école parce qu'elles devaient apporter de l'eau au village. C'est sexiste et injuste, ce qui me met en colère en tant que femme. En même temps, c'est de la survie élémentaire et je n'y ai jamais été confrontée dans ma vie. Tout le monde au village doit avoir un rôle précis permettant au groupe de survivre. Pendant toute ma vie, j'ai pris pour acquis la nourriture, l'eau, un toit sur ma tête et même l'école. Mon monde vient de changer, et pour la première fois, j'ouvre les yeux sur les réalités d'un style de vie radicalement différent.

Nous partons une heure plus tard en direction d'un autre village. Ici, une pompe à eau solaire doit être installée pour la première fois.

Je m'assois à l'arrière de la Jeep avec Phillip. Il agite la main pour dire au revoir aux enfants, qui courent à côté de la voiture pendant un moment. Enfin, nous sommes trop loin et les enfants s'arrêtent.

— Je ne savais pas que l'eau était liée à l'éducation des filles. Ça m'a stupéfaite.

Il hoche la tête.

— C'est l'un des avantages principaux, en plus du besoin élémentaire en eau. D'habitude, les villageois demandent aux filles d'aller chercher de l'eau dans des endroits éloignés et de la rapporter dans de lourdes jarres. Il faut plusieurs trajets éprouvants pour le dos et elles n'ont pas le temps d'aller à l'école. L'un des autres avantages essentiels, c'est la diminution impressionnante des maladies liées à l'eau.

— Et la technologie éducative, c'était ton idée ?

Il me prend la main.

— C'était tout naturel quand j'ai compris à quel point l'eau et l'éducation étaient liées.

— Et qui finance tout ça ?

— D'abord moi, mais j'ai réussi à associer à Global Soleil & Eau quelques subventions d'autres fondations.

— Excuse-moi d'avoir dit que tu avais la grosse tête.

Il me sourit.

— Tu n'as peut-être pas tort.

— C'est un grand cœur que tu as, dis-je en posant ma main sur son torse. Tu es merveilleux.

— Eh bien, maintenant, je crois que je vais vraiment prendre la grosse tête.

— Ne plaisante pas, je suis sérieuse. Tu fais un travail incroyable et ton rôle est impressionnant. Je suis admirative.

Il secoue la tête.

— Il ne faut pas. Je facilite les choses, c'est tout. Mais maintenant, tu comprends pourquoi ce travail me tient à cœur. C'est une vraie vocation pour moi.

— Oui, je comprends.

— Tant mieux.

— Tu dors sous tente ou chez l'habitant ?

Il m'adresse un grand sourire qui illumine son visage.

— C'est ce que tu croyais ? Et tu étais toujours partante pour passer cinq semaines avec moi et vivre à la dure ? Waouh. Non, pour te répondre. Nous séjournons à l'hôtel, dans la ville la plus proche. Nous ne sommes que des visiteurs dans leur monde. Je ne veux pas m'imposer sur leurs ressources. Ils se sentiraient obligés de nous offrir à manger, quitte à ce que l'un d'eux se passe de repas.

Au fond, je suis contente de me rendre à l'hôtel, même si je me sens coupable en sachant à quel point ce luxe est éloigné de leurs existences survivalistes.

— Et puis, j'ai besoin de la sécurité d'un hôtel avec les gardes, ajoute-t-il. On pourrait m'enlever contre une rançon.

— Dans ce cas, heureusement qu'il y a l'hôtel.

Il m'adresse un regard complice.

— Ça change la perspective, n'est-ce pas ? On apprécie mieux ce qu'on a.

— Clairement.

— Je suis content que tu sois là, Ruby.

— Moi aussi.

Il soulève ma main et embrasse les jointures de mes doigts sans me quitter des yeux. Je suis captivée, plus proche de lui que jamais auparavant. Loin de tout ce que je connais, en compagnie de Phillip dont la présence m'est devenue familière, je ressens une intimité profonde entre nous. Je me demande comment je vais bien pouvoir me passer de cet homme. Je ne suis pas certaine d'en être capable.

12

Ruby

Ces quatre semaines sur la route avec Phillip se sont écoulées dans un tourbillon de visages et de lieux. Cela m'a ouvert les yeux à de nombreux égards – voir la pauvreté de près, à un degré que je n'imaginais pas, ainsi que la résilience et la joie étonnante des gens que nous avons rencontrés, le contraste de la répartition des richesses entre les dirigeants d'un pays et leur peuple. Partout, nous avons rencontré des chefs d'État, des diplomates et des ministres, accueillis par des dîners élaborés et des réceptions officielles. Nous avons aussi été reçus dans des villages reculés, des bidonvilles et des fermes en rase campagne. Phillip m'a étonnée par l'aisance dont il faisait preuve dans ces différents environnements. Ce que j'ai vu, c'est l'homme qu'il est au fond de lui, un homme prévenant, avec du charisme, qui aime les gens quels qu'ils soient, indépendamment de leur niveau de vie.

Il est toujours affectueux, attentionné et plein de considération pour moi. Il s'assure que je me sente bien où que nous soyons. Quelle que soit notre journée, nous retournons chaque soir dans le meilleur hôtel de la ville. Je ne me plains pas. Nous avons connu de nombreuses nuits coquines. J'ai pris l'habitude de dormir avec lui. Il aime les câlins. J'ai envie de lui dire que je l'aime, mais les mots ne viennent pas. Lui non plus, il ne me l'a pas dit. Mais je le ressens. L'amour entre nous grandit de jour en jour.

Dans six jours, nous serons de retour à Villroy et je renterai chez moi le lendemain. C'est la fin de notre histoire, à moins que nous tentions une relation longue distance. Je crains qu'une séparation d'un an ou plus nous rende encore plus malheureux qu'une rupture franche. Je ne sais pas quoi faire. *La* conversation devient inévitable.

À présent, nous rentrons à notre hôtel de New Delhi, en Inde, toujours accompagnés par Henry et Rafe qui nous suivent comme nos ombres. J'ai toujours du mal à parler librement à Phillip avec deux hommes imposants à proximité, l'un sur la banquette arrière de la Mercedes avec nous et l'autre sur le siège avant. C'est plus facile de les oublier quand ils sont hors de vue.

Phillip me tend son téléphone pour me montrer une photo de nous deux, à l'occasion du dîner de charité de la veille au profit de Global Soleil & Eau. C'était un gala avec tenue correcte exigée et Phillip s'est assuré que je porte une robe en soie élégante. Il a fait prendre mes mesures avant notre départ de Villroy, et les vêtements appropriés pour notre itinéraire nous sont envoyés dans chaque hôtel au besoin. J'ai l'impression d'être Cendrillon et qu'il est ma marraine la fée. Bien sûr, je ne le lui dis pas. Ha, ha. Je ne pense pas qu'il apprécierait d'être comparé à une fée scintillante.

— Les gens nous adorent, dit-il. Apparemment, nous sommes un couple puissant.

Mon estomac se noue. Je ne suis pas célèbre, riche ni puissante. C'est tout à fait Phillip, en revanche. Mes parents n'en reviennent pas de me voir dans la presse avec Phillip. Je leur donne régulièrement des nouvelles. Ils sont fiers du travail charitable dans lequel je m'implique, ce qui ne les empêche pas d'être inquiets pour ma sécurité. La présence des gardes leur fait imaginer les pires scénarios qui expliqueraient leur rôle auprès de nous. Je leur ai assuré que je ne me suis jamais sentie en danger. Ma mère meurt d'envie de rencontrer Phillip. Toutes les deux, nous le suivions attentivement sur les réseaux comme deux fan-girls quand il était encore un fantasme et non une réalité. Cela dit, c'est différent quand vous êtes entraînée dans le tourbillon de sa vie. Je me sens toujours comme un ajout, perdue dans son ombre, et ce surnom de couple puissant me le confirme. Ça me fait penser au couple doré qu'il formait avec Lana, raison pour laquelle, entre autres, il était impliqué dans cette relation. Je n'ai ni envie ni besoin que les autres commentent notre couple. Mais lui, il adore ça.

Je me tourne vers lui.

— Perso, je ne suis pas très puissante, mais je suis contente que ta réputation soit bonne.

— Bonne ? Elle est fantastique, tu veux dire ! Avec un peu de chance, on ne m'appellera plus jamais le beau gosse royal. Ruby, c'est énorme. Et tu fais partie de cette puissance. C'est nous, le couple puissant, parce que nos efforts humanitaires portent leurs fruits. Je suis fou de joie. Cette publicité braque les projecteurs sur ce qui compte vraiment.

Il me presse la cuisse.

— Nous sommes une super équipe.

— Je n'y suis pas pour grand-chose. J'ai l'impression de me contenter de suivre. C'est ton grand spectacle, à toi.

Il me prend la main, la soulève et dépose un baiser sur mes doigts. Ses yeux aigue-marine sont chaleureux et tendres. Une fois de plus, je fonds complètement.

— C'est le nôtre, dit-il. Ensemble.

Ma gorge se noue et je pince les lèvres.

— Il faut qu'on parle.

Pendant un instant, il paraît alarmé avant de se ressaisir.

— Quand nous serons dans la chambre, me dit-il.

J'acquiesce et je regarde le paysage qui défile de l'autre côté de la vitre. Le centre-ville de New Delhi, comme dans la plupart des villes que nous avons visitées, est chaud, odorant et très peuplé. Nous passons devant des immeubles avec des boutiques au rez-de-chaussée. La circulation ne se compose pas uniquement de voitures, il y a des cyclo-pousses, des taxis, des vélos et des piétons qui se pressent dans les rues étroites. Un homme qui pousse un chariot fait une embardée devant notre véhicule pour traverser la rue.

La lenteur du trajet me laisse tout le temps de penser à la prochaine étape de ma relation avec Phillip. Nous nous sommes rapprochés comme nous ne l'aurions peut-être jamais pu si nous n'étions pas en voyage aux quatre coins du monde. Je me suis souvent sentie submergée, soit par le faste et le luxe de nos rencontres en haut lieu, soit par la pauvreté abjecte qui me déchirait le cœur, et en toutes circonstances, Phillip était ma référence familière. Il a toujours été là, prévenant et souriant, une présence rassurante.

Nous sommes près de l'hôtel quand il m'annonce avec enthousiasme :

— Je viens de recevoir un e-mail de l'ONU. Ils ont vu le battage médiatique autour de nous et ils pensent qu'ensemble, nous pouvons contribuer à mettre la cause en lumière.

Les yeux rivés aux miens, il précise :

— *Ensemble*, Ruby.

Je vois son avenir avec netteté, en cet instant, et ce n'est pas le mien. Voyager autour du monde à temps plein, parler à l'ONU et dans des réunions diplomatiques, donner des interviews, rapprocher les gens. Il est doué pour ça. Moi, je ferais partie du décor, je ne serais d'aucune utilité réelle en dehors des photographies. J'ai envie de rentrer chez moi. J'ai envie de rencontrer ma petite sœur, de diriger ma petite entreprise et de vivre dans le pays que j'aime.

Je réprime mes larmes et je détourne le regard. Je ne peux pas craquer ici. Je ne peux pas lui parler à cœur ouvert ni lui dire au revoir. Je dois attendre l'intimité de notre chambre d'hôtel.

Il pose la main sur ma joue et me fait pivoter vers lui.

— C'est notre réputation à tous les deux qui m'a hissé à ce niveau. Ruby, viens avec moi. C'est un honneur que nous partageons.

— Je ne suis qu'un élément de décor, dis-je d'une voix cassée.

Il laisse retomber sa main et fronce les sourcils.

— Tu es bien plus que ça.

Je garde le silence. Je n'ai pas envie de le décevoir, mais ce n'est pas ma vie.

Il reprend sur un ton insistant :

— Tu interagis avec les femmes comme je ne pourrais jamais le faire.

Je secoue la tête, la voix tendue par la boule d'émotion coincée dans ma gorge.

— Elles interagissent très bien avec toi. Elles t'aiment.

Il se renfrogne.

— Nous en discuterons plus tard.

Dès l'instant où nous retrouvons l'intimité de notre chambre, il me prend la main et me guide vers le sofa beige confortable dans le salon luxueux de notre suite. Nous séjournons au Leela Palace, un hôtel qui mérite bien son nom. Je prends plusieurs inspirations en essayant de calmer la vague d'émotions qui m'a étreinte quand j'ai pris conscience que je devais lui dire au revoir. Je n'en ai aucune envie.

Il me serre la main.

— Je croyais que tu appréciais cette tournée. Pourquoi tu ne voudrais pas continuer ?

J'hésite en essayant de trouver le meilleur moyen de m'exprimer.

— Je l'apprécie, mais surtout grâce à toi. Ce n'est pas mon truc. C'est le tien. Ma vie est aux États-Unis. Ma famille, ma nouvelle sœur, la carrière que je veux développer dans un domaine que j'aime.

— Tu ne quittes pas définitivement ta famille. Nous leur rendrons visite.

— Ce n'est pas pareil. Je veux jouer un grand rôle dans la vie de ma sœur. Je n'ai pas envie d'y faire des apparitions occasionnelles. Et je démarre une nouvelle entreprise qui s'annonce très prometteuse si je rentre et relance mes futures clientes.

— Alors, tu préfères avoir un travail plutôt qu'une vocation ?

Je ne sais pas quoi dire. Est-ce qu'une catégorie de travail est supérieure à une autre ? J'applaudis à ce qu'il fait, mais je n'ai pas forcément envie d'être son assistante. J'ai envie de mon activité à moi. Et j'adore la décoration d'intérieur. Dans sa future vie, il n'y a aucune place pour ce que j'aime faire.

— Je sais que c'est difficile de comprendre, parce que tu fais quelque chose de tellement important, et je te soutiens à cent pour cent, mais c'est ta vocation, pas la mienne.

Il me dévisage.

— Je ne comprends pas. Je pensais que cette cause te tenait à cœur.

— Et mon travail ?

Cette fois, il fronce les sourcils.

— Pourquoi persistes-tu à parler de ton travail ? Si tu es avec moi, tu n'as pas besoin de travailler. Après tout ce que nous avons vu pendant ce voyage, tu as compris à quel point les efforts pour l'accès à l'eau sont importants. C'est ce qui permet à tous ces gens de vivre, au-delà de la simple survie. En comparaison, la décoration est une broutille superficielle et vide de sens.

Je prends une vive inspiration et mon cœur s'arrête pendant une fraction de seconde avant de redémarrer au galop. Et moi qui croyais qu'il me respectait, qu'il respectait ce que je fais. Je croise les bras autour de mon buste comme pour me rassurer.

— Eh bien, pour moi, c'est important.

Il se lève et répond en me regardant de haut :

— Tu me déçois beaucoup. Tu vends ton âme au diable ! Pour l'argent ? Le prestige ? Parce que ça flatte ton ego ?

Je bondis.

— Je ne vends pas mon âme au diable ! Ce doit être difficile à comprendre pour toi, étant donné que tu n'as jamais eu besoin de travailler une seule fois dans ta vie, mais figure-toi que c'est important pour moi d'avoir une carrière dont je puisse être fière. Voler de ses propres ailes, ce n'est pas vendre son âme au diable.

Il prend mes deux mains dans les siennes.

— Je prendrai soin de toi. Reste avec moi et tu n'auras besoin de rien. Nous pouvons continuer ce chemin ensemble, tous les deux. Accompagne-moi à la réunion de l'ONU et dis-leur que tu veux faire partie du projet.

Je suis émue par la sincérité de sa voix. Je n'ai pas envie de le quitter, mais je ne veux pas abandonner ce qui me tient à cœur. Je risquerais de me perdre. Le pire, c'est qu'il semble le vouloir en estimant que ce que je fais ne vaut rien. Mais pour moi, c'est important, et je sais que j'apporte aussi de la joie aux autres. Je refuse d'être un simple ajout et de dépendre de lui. Je ne suis pas comme ça. J'ai envie – non, j'ai *besoin* – de me débrouiller toute seule.

Il serre mes deux mains.

— Ne sous-estime pas l'atout promotionnel que nous représentons, tous les deux. Nous sommes le couple puissant.

Mes épaules s'affaissent. C'est définitif. Déjà, je sens que je m'éloigne de lui et de ce monde public pour lequel il vit.

— Phillip, je tiens beaucoup à toi.

Ma voix se brise, étouffée par l'émotion, et je prends une grande inspiration.

— Mais c'est ton chemin, pas le mien. Je ne veux pas être présente uniquement pour la promotion et les photos. Voilà ce que je te propose… On reste en contact, on se rend visite chaque fois qu'on en a l'occasion, et… et…

Il s'écarte.

—Je t'encouragerai, dis-je en guise de conclusion piteuse.

Ce sera difficile de faire fusionner nos vies, mais je ne suis pas prête à renoncer à lui.

Il croise les bras, la mine sombre.

— Je ne te connais peut-être pas aussi bien que je le croyais. Je pensais qu'on était sur la même longueur d'onde. Mêmes valeurs, même cause.

Je ne sais pas quoi dire. Il a peut-être raison. Je ne peux pas me couler dans l'image idéale qu'il se faisait de moi. J'ai été honnête avec lui. Son travail est important, mais ce n'est pas le mien. Et il est évident qu'il n'a aucune estime pour ce que je fais.

Il s'approche de la fenêtre du balcon et il tire les rideaux d'un coup sec. Le soleil couchant projette son ombre sur le sol, une silhouette fière et altière, les épaules en arrière et les jambes écartées. Il conquiert tout ce qu'il décrète. Il ignore ce qu'est la lutte, le travail acharné, le besoin de réalisation. Nos deux mondes différents ne peuvent pas coexister. Sa place est sur le devant de la scène mondiale, alors que j'ai besoin d'être ancrée à un endroit précis, de travailler dans un domaine qui me convient et de me faire ma propre place dans le monde. Ma famille est plus importante que tout à mes yeux. Jusqu'à présent, j'étais enfant unique, alors je suis proche de mes parents et j'ai envie d'être proche de ma sœur aussi.

Je mordille ma lèvre inférieure. Phillip et moi, nous nous sommes rapprochés pendant ce voyage, à vivre et travailler ensemble. Mon Dieu, j'ai horreur de cette distance qui nous sépare en cet instant.

— Il nous reste encore une semaine ensemble.

Sans même prendre la peine de se retourner, il m'annonce :

— Je crois qu'il vaudrait mieux que tu t'en ailles tout de suite.

Je reste abasourdie, l'estomac noué.

— Alors, ça y est ? C'est fini ?

Il fait volte-face, le visage fermé.

— Tu veux que je fasse comme si tout allait bien entre nous ?

— Ce serait possible. Nous… nous avons un lien spécial. Je…

— Nous sommes sur deux chemins qui s'écartent, dit-il froidement. Évitons de compliquer les choses.

Je titube, sidérée par son rejet brutal. Il sort son téléphone en disant :

— Ne sois pas aussi étonnée. C'était ton choix. Je t'ai demandé de te joindre à moi et tu as refusé.

Je redresse le menton, les yeux brouillés de larmes.

— D'accord, je m'en vais !

Je m'essuie les yeux et je m'empare de mon sac à main avant de me ruer vers la chambre à la recherche de ma valise.

Phillip apparaît dans l'encadrement de la porte.

— J'appelle mon valet. Il t'aidera à ranger tes affaires et il t'accompagnera à l'aéroport.

— Ne te fatigue pas !

Je retrouve la valise dans l'immense dressing, je la jette sur le lit et je l'ouvre d'un geste brusque.

— Je t'ai dit que je m'en occupais.

J'ai horreur du calme apparent qu'il affiche, comme si mon départ ne lui faisait ni chaud ni froid, comme si notre relation ne signifiait rien ! D'un geste, je vide le tiroir de la commode où j'avais rangé mes affaires, que je jette dans la valise.

Il sort de la chambre, tirant un trait sur moi et sur mon indépendance agaçante. Aucun problème, parce que j'en ai assez de lui et de ses exigences. C'est ce qu'il a décidé ou rien. Pas question !

Je vide le deuxième tiroir et je fourre les vêtements dans ma valise. Le placard contient toutes les tenues élégantes que Phillip m'a achetées, mais je laisse tout en plan.

Je me rue dans la salle de bain et je récupère ma trousse de toilette, où j'entasse tous mes accessoires avec précipitation. Enfin, je jette la trousse dans la valise, la referme et la tire derrière moi dans le salon, où Phillip consulte son téléphone, assis sur le sofa.

— Je vais payer un taxi et rentrer chez moi par mes propres moyens.

Il ne répond pas.

— Au revoir, dis-je d'un ton sec.

Rien.

Son rejet glacial ne fait qu'attiser ma hâte de partir. Je me retourne et me précipite vers la porte. Quand je déboule dans le couloir, je me heurte contre le torse d'un agent de sécurité. C'est Rafe, la mine sombre.

— Écartez-vous, lui dis-je. Je rentre chez moi.

— Non, madame. C'est dangereux de sortir toute seule. S'il vous plaît, attendez à l'intérieur le temps que le nécessaire soit organisé.

— D'accord, d'accord.

Je me retourne avant de pivoter sur la gauche pour m'éloigner dans le couloir, ma valise cahotant derrière moi.

— Ah ! m'écrié-je un instant plus tard lorsque deux bras d'acier se referment autour de moi, me décollant du sol.

C'est encore Rafe. Il me ramène manu militari dans le salon avec Phillip. Ma valise me rejoint un instant plus tard. Quelle humiliation.

— Ne recommencez pas, gronde Rafe avant de fermer la porte.

Je fulmine.

Phillip secoue la tête.

— Impulsive, égocentrique, vénale. Tu n'es pas la femme que je croyais.

Cette fois, je perds mon sang-froid et je m'exclame en gesticulant :

— Tu es exactement comme je le pensais la première fois que je t'ai rencontré ! Imbu de toi-même et de ta réputation ! Tu ne comprends pas le besoin d'argent ni l'envie de travailler dur, parce que ça n'a jamais fait partie de ta vie. Si tu veux quelque chose, il te suffit de décrocher ton téléphone et le monde entier tombe à tes pieds.

À nouveau, il parle dans son téléphone sans m'accorder la moindre attention.

Je tends un doigt vers lui.

— Tu vois ! Qu'est-ce que je disais ?

Il appuie sur un bouton pour couper la communication. Ses yeux sont froids et sa voix atone quand il me dit :

— Je ne nie pas que je suis riche, mais je refuse que tu résumes ce que je suis à ma fortune. J'utilise mes privilèges pour aider les défavorisés.

Je le foudroie du regard.

— N'oublie pas de commander ton auréole !

— J'apporte l'eau potable et l'éducation, rétorque-t-il sans sourciller. Tout ce que tu fais, toi, c'est coller du joli papier peint dans la salle de bain d'une bourgeoise !

J'ai envie de le gifler pour lui faire perdre son expression arrogante.

— Va te faire foutre !

Il ricane.

— Avec toi ? C'est peut-être sur ce point que je me suis trompé, en confondant la compatibilité sexuelle avec une quelconque compatibilité dans la vie réelle.

Je déteste son intonation hautaine, comme s'il m'était supérieur dans tous les domaines.

— Tu n'es pas meilleur que moi parce que tu fais des bonnes œuvres. Chaque contribution a de l'importance si elle est faite avec le cœur.

— Essaie de t'en persuader la prochaine fois que tu choisiras des rideaux. Ça vient du cœur. C'est important.

Je déglutis. Il me réduit à des choses insignifiantes. Je ne suis pas insignifiante !

— Comment oses-tu te montrer aussi condescendant ?

Au même moment, on frappe à la porte.

Phillip me lance un regard de pur dégoût avant d'aller répondre. Un instant plus tard, son valet nous rejoint. Il s'incline devant Phillip avant de se diriger vers la chambre. Je le suis pour constater qu'il passe les tiroirs en revue à la recherche de mes affaires.

— J'ai déjà fait ma valise.

Il s'approche du dressing.

— Oubliez les robes. Elles ne m'appartiennent pas.

— Tu ferais mieux de les prendre, lance Phillip dans mon dos. Je doute qu'elles aillent à quelqu'un d'autre. Des vêtements étroits pour un esprit étroit.

Je me tourne vers lui.

— Va au diable.

Il part d'un grand éclat de rire, un rire cruel.

J'en ai assez entendu. Je ne veux plus avoir affaire à lui. J'ordonne au valet :

— Laissez tout ça ici.

Ce dernier prend la poignée de ma valise.

— Madame, quand vous serez prête…

Je hoche la tête et je le suis vers la porte.

Pas d'au revoir. Rien. Phillip et moi, c'est bien fini.

J'ai les yeux secs et je vibre encore d'indignation pendant tout le trajet jusqu'à l'aéroport, outrée par son comportement innommable. Il m'a réservé un vol en première classe sans escale jusqu'à New York. De là, je prendrai une correspondance pour retrouver ma vie normale à Tampa, ma vieille chambre chez mes parents, et tout recommencer, lancer ma carrière avec mes nouveaux contacts. Tout cela n'était qu'un rêve. Pas ma réalité.

L'hôtesse me propose tout de suite une flûte de champagne, des noix, une couverture confortable et une boîte de cadeaux, que je ne prends pas la peine d'ouvrir. Tout ce luxe me rappelle la vie que je laisse derrière moi avec Phillip. Je suis impatiente de rentrer à la maison et de tirer un trait sur tout ce qui me fait penser à lui.

Ce n'est qu'après le décollage que les larmes arrivent enfin.

Elles ne se tarissent pas avant très longtemps.

13

Phillip

Ma colère envers Ruby a duré trois jours entiers. Je crois que personne ne m'avait rendu plus furieux de toute ma vie. Elle m'a relégué au second plan après son travail, elle a tourné le dos à ce qui aurait pu représenter un chemin important à suivre ensemble. Mais quand ma fureur retombe, il ne reste qu'un chagrin profond qui me ravage. Je suis incapable de manger, de dormir. J'arrive à peine à me concentrer sur ce que je suis venu faire ici. Je n'arrive même pas à sourire aux gens en manque d'eau potable que je rencontre. Je me traîne péniblement avant de me retirer avec quelques jours d'avance, expliquant à l'équipe de Global Soleil & Eau que je suis malade et que je dois rentrer chez moi pour récupérer.

J'ai envie de tout arranger avec Ruby en la rencontrant en personne, mais d'abord, je dois passer à la maison, chez Gabriel et Anna. Ils ont besoin du jet pour un séjour à Tampa, d'où Anna et Ruby sont originaires. C'est le moyen direct le plus rapide pour y accéder. Le père quasi adoptif d'Anna, Mike, qui souffre d'un cancer du poumon avancé, demande à la voir.

Le jet se ravitaille en carburant et subit les contrôles d'usage en France, ce qui me laisse le temps de passer chez moi. Le yacht m'attend et j'arrive en un rien de temps. Je retrouve Gabriel et Anna au palais, où mon frère fait les cent pas devant leur suite de l'aile ouest.

— Comment va-t-elle ? demandé-je.

Il passe une main dans ses cheveux.

— Elle insiste pour faire les valises elle-même, mais elle pleure et ça prend trop de temps. Elle refuse que je l'aide.

— Je dois le faire toute seule, Gabriel ! s'écrie Anna par la porte ouverte de leur suite. C'est la seule chose que je peux contrôler.

Je jette un œil dans la pièce.

— Salut, Anna. Je suis vraiment désolé pour Mike.

— Te voilà !

Elle referme violemment sa valise et tire sur la fermeture éclair.

— En route, ajoute-t-elle en emportant sa valise à roulettes derrière elle.

Gabriel essaie de la lui prendre des mains, mais elle se dégage pour se précipiter devant nous dans l'escalier. Gabriel fait signe à un domestique de l'aider.

— Je pars avec vous, dis-je à Gabriel. Ruby est à Tampa en ce moment. J'ai tout gâché et j'ai besoin de me rattraper.

Il marque une pause.

— Tu pars aussi ? J'allais te confier les rênes. Il y a plusieurs choses à faire et je comptais sur toi. Zut, alors. Lucas ?

Les obligations royales reviennent toujours au plus proche dans l'ordre de la succession au trône. Juste après moi, c'est Lucas, le célibataire qui a causé une émeute lors de la vente aux enchères.

— À moins que tu veuilles le demander à Mère. Je suis désolé, mais je dois voir Ruby de toute urgence.

Il se renfrogne.

— Tu sais que notre mère est fragile en ce moment, dit-il en s'éloignant, aboyant toute une série d'ordres à ses hommes.

Peu après, nous nous retrouvons dans la Mercedes. Les valets rangent les bagages dans le coffre quand Lucas frappe à la vitre. Anna appuie sur un bouton pour la baisser.

— Au revoir, Anna. Je penserai bien fort à Mike et à toi.

Elle affiche un sourire larmoyant avant de lui serrer la main par la vitre ouverte.

— Merci.

Il se tourne ensuite vers Gabriel et exécute un petit salut avant de faire demi-tour pour retourner au palais.

— Espérons que le palais sera toujours debout quand je rentrerai, grommelle Gabriel.

En ce qui me concerne, je suis incapable de m'inquiéter de Lucas et des bévues qu'il risque de commettre. Mon esprit est focalisé sur ce qui m'attend. Gabriel entreprend de réconforter la pauvre Anna. J'ai eu tout le temps de réfléchir pendant le trajet et j'en suis arrivé à une conclusion : j'ai besoin de Ruby dans ma vie. Dans ma hâte d'apporter ma contribution au monde, j'ai oublié la chose la plus essentielle. Rien de tout cela ne compte sans amour dans ma vie. J'aurais dû commencer par là. J'aurais dû lui dire combien je l'aime. Je lui ai fait du mal. Je voulais lui faire du mal, c'était mesquin et minable. Elle avait raison. J'ignore ce que c'est que d'avoir de l'ambition professionnelle. Je n'ai jamais eu de métier, je n'ai jamais bâti de carrière. C'est peut-être pour cette raison que mon travail en faveur de l'eau potable est devenu aussi capital à mes yeux. Pour la première fois dans ma vie, je me sentais utile, nécessaire, j'avais l'impression de servir à quelque chose. Pourtant, sans elle, rien ne compte.

Une fois à bord du jet, Anna fait une sieste. Ensuite, elle vient s'asseoir à côté de moi.

— Gabriel m'a dit que tu voulais voir Ruby en urgence pour arranger les choses entre vous. Que s'est-il passé ?

— J'ai foiré en beauté.

— Ce n'est sans doute pas si grave. Je sais que tu as des sentiments forts pour elle. Ça se voit sur ton visage.

Je pince les lèvres pendant un moment, touché par sa confiance en moi, aussi infondée qu'elle soit, puis je lui raconte tout : les hauts magiques et les bas à peine avouables de notre voyage ensemble.

— Bon sang, Phillip, est-ce que tu *essayais* de la repousser ?

— Non !

Vraiment ? Ai-je saboté notre relation volontairement parce que j'avais peur d'un engagement réel à cause de la trahison de Lana ? Je ne veux pas y penser. C'est impossible. J'aime sincèrement Ruby. Pourquoi ne le lui ai-je jamais dit ? Je suis un abruti. Je prenais tout pour acquis : qu'elle savait que je l'aimais, qu'elle comprendrait que mon travail était le meilleur moyen d'avoir une vie ensemble. Je n'ai même pas envisagé les autres options.

— Je ne voulais pas vraiment la repousser, dis-je tristement. J'essayais de l'entraîner avec moi par un moyen trompeur et stupide.

— Vraiment stupide. Tu crois que je serais restée avec Gabriel s'il m'avait dit que mon métier de coiffeuse était insignifiant et vide de sens ? Ou s'il avait méprisé ma fonction de concierge dans l'immeuble où je vivais ?

J'ouvre la bouche pour avancer que c'est différent, car aujourd'hui, le métier d'Anna est bénéfique pour le royaume, mais elle enchaîne sans me laisser parler.

— Certainement pas ! Je l'aurais envoyé balader s'il m'avait traitée comme ça. Heureusement, il ne l'a pas fait. Il m'a félicitée pour ce que j'avais fait, parce qu'il m'aimait et qu'il me respectait. Si tu aimes et respectes réellement Ruby, alors accroche-toi, parce que tu vas devoir le prouver. Je suis sûre que tu lui as donné l'impression d'être aussi minable qu'un chewing-gum sous la semelle de ta chaussure. Ou peut-être encore moins que ça.

La bile remonte dans ma gorge lorsque les paroles de Ruby me reviennent. *Tu n'es pas meilleur que moi parce que tu fais des bonnes œuvres. Chaque contribution a de l'importance si elle est faite avec le cœur.* Son travail est important à ses yeux et c'est tout ce qui compte. J'ai sous-entendu qu'elle valait moins que moi, mais c'est faux. Elle est tout pour moi et elle me surpasse dans toutes les qualités essentielles : ouverte, attentionnée, aimante. Et moi, je me suis comporté comme une ordure.

Anna me tapote le bras.

— Je vois que tu comprends. Prépare-toi à bien ramer, me dit-elle avant de retourner vers son siège.

Quand notre limousine de location se gare enfin devant la maison modeste de plain-pied à la façade en stuc couleur pêche, dans le lotissement de banlieue où vivent les parents de Ruby, je suis tellement nerveux que j'arrive à peine à réfléchir. Cette fois, je n'ai plus droit à l'erreur.

Au moment où je sors de la voiture, Anna me lance :

— Rame comme jamais !

Je lève une main pour lui faire signe que j'ai bien entendu et je m'avance sur le trottoir. Les princes ne rament pas. Ce n'est pas dans mon ADN. Mais je me rachèterai, je rectifierai le tir et je dirai ce que j'aurais dû dire la première fois. Je l'aime et c'est ce qui va tout arranger. Il le faut. Bien sûr, rien n'est certain. Je ne l'ai pas appelée à l'avance de peur qu'elle refuse de me voir.

Je porte une tenue décontractée : une chemise aiguemarine assortie à mes yeux (Ruby m'a souvent complimenté sur la couleur de mes yeux, qu'elle admire), un pantalon noir et des chaussures en cuir noir. J'ai un bouquet de roses à la main. D'après Anna, c'est un incontournable quand on s'apprête à ramer. D'ailleurs, c'est ma seule concession à ce genre d'exercice.

Rafe et Henry se tiennent derrière moi sur le porche en ciment. Ils attendent que je trouve le courage de sonner. Il y a une moustiquaire et une porte blanche. J'envisage de frapper au lieu de sonner. Foutus nerfs. Allez, j'appuie sur la sonnette.

La porte s'ouvre quelques instants plus tard devant une femme menue aux cheveux blond cendré coupés court. Ce doit être la mère de Ruby. Elle laisse la porte-moustiquaire fermée et me regarde au travers.

— Oui ?

Je lui adresse un sourire forcé.

— Bonjour, je suis Phillip Rourke. Et voici mes gardes du corps. Je viens voir Rubby.

Elle écarquille les yeux.

— Vous êtes le beau gosse royal ! s'écrie-t-elle en ouvrant la moustiquaire, son ventre rond proéminent sous un t-shirt jaune. Entrez avant que les voisins vous remarquent ! Edward, le prince est ici ! Ruby !

— Merci, madame.

J'entre dans un salon décoré avec goût : un canapé blanc et des fauteuils assortis, une table basse en bois couleur de miel ainsi que des guéridons. Je suppose que Ruby est intervenue dans la décoration, qui semble tout droit sortie d'un magazine. Simple, mais raffiné.

— Je vous en prie, asseyez-vous, dit-elle en désignant le canapé. Je m'appelle Eileen. Oh, comme c'est excitant ! Son Altesse, le beau gosse royal, chez moi, dans mon salon !

Je m'assois.

— Phillip tout court, ça suffira.

Elle jette un œil aux gardes encore debout près de la porte et se tourne vers moi.

— Je vous apporte quelque chose ?

— Ruby, c'est tout, s'il vous plaît.

— Je reviens tout de suite !

La maison n'est pas insonorisée et je l'entends nettement détaler dans le couloir en criant :

— Edward, dépêche-toi dans la salle de bain ! Il y a un prince dans le salon. Oui ! Celui dont se plaignait Ruby !

Je me trémousse sur le canapé. Sa mère s'est montrée très cordiale quand on sait que sa fille s'est plainte de moi. Je croise le regard de Rafe. Henry et lui ont l'air amusés. Rien de mieux que des témoins quand vous ramez déjà.

Un moment plus tard, nous entendons frapper contre une porte en tournant frénétiquement une poignée. Puis Eileen s'égosille :

— Ouvre la porte tout de suite ! Phillip est ici pour te voir !

Je n'entends pas la réponse de Ruby, étouffée par la porte.

— Ruby Evans, je vais dévisser les gonds et te traîner par les cheveux si tu ne ramènes pas tes fesses par ici.

Son père intervient à son tour :

— Ce serait trop long. Je peux passer par la fenêtre et la faire sortir.

Ses parents sont peut-être impatients de se débarrasser d'elle. Ruby a dit qu'ils avaient besoin de sa chambre pour le bébé. Avec un peu de chance, ils plaideront en ma faveur.

— Vous êtes censés me soutenir ! rétorque Ruby d'une voix forte.

— On te soutient, ma chérie, dit sa mère. Mais on sait ce que tu ressens pour lui. Ne laisse pas ta fierté te couper de l'homme que tu aimes.

Je me lève d'un bond. Elle m'aime ! C'est tout ce qu'il me faut savoir. Je suis leurs éclats de voix dans le petit couloir jusqu'à la chambre de Ruby.

— Bonjour, je suis le père de Ruby, Edward.

Son père, un homme élancé aux cheveux blonds dégarnis, me tend la main, que je serre avec vigueur.

— Enchanté de faire votre connaissance, Edward. Si vous pouviez nous laisser un peu d'intimité, j'aimerais vraiment parler à Ruby.

— Bien sûr ! s'exclame sa mère en prenant son mari par le bras pour l'entraîner avec elle. Nous serons dans la cuisine.

Quelques instants plus tard, Ruby ouvre sa porte, coiffée en queue de cheval à la hâte. Elle a les yeux gonflés et les lèvres pincées. Elle est habillée plus simplement que jamais, avec un t-shirt rose et un short en jean, les pieds nus. Elle est belle, sexy, et furieusement remontée.

Je lui offre les roses.

— Je suis désolé.

Elle les prend et recule, me laissant entrer dans sa chambre avant de refermer la porte derrière moi. La chambre a conservé la décoration d'adolescence de Ruby, d'une féminité extrême et encore enfantine : un lit à baldaquin blanc à frou-frous, une commode et une table de nuit blanches avec des fleurs peintes au pochoir, ainsi que des murs et une moquette roses. Il y a quelques posters de rock-stars datant d'une décennie plus tôt disposés en diagonale sur un mur. Même les garçons sur lesquels elle craquait quand elle était plus jeune sont agencés avec méthode. Ses parents ont laissé sa chambre intacte au cas où elle aurait besoin de revenir un jour. C'est une famille bien, et je suis content pour elle.

Elle s'assied sur le lit et regarde les roses dans ses mains.

Je reste debout puisqu'elle ne m'a pas invité à la rejoindre.

— Tes parents sont gentils.

Elle lève la tête.

— Ils sont impressionnés par ta lignée royale, comme tout le monde. Tu es une célébrité.

En revanche, elle n'a pas l'air très impressionnée.

Je me racle la gorge.

— Désolé de t'avoir blessée. Je ne voulais pas paraître arrogant. Je sais que ton travail est important pour toi, ce qui signifie que c'est important pour moi aussi. Tu es très douée dans ce que tu fais.

— Mais tu estimes que ce n'est pas aussi important que ta vocation.

— Ce n'est pas une bonne comparaison. Je suis certain qu'une fois les besoins primaires satisfaits, tout le monde apprécierait la beauté que tu apportes dans le monde.

Ma voix se brise tant cette vérité me frappe.

— Tu avais raison. Chacun de nous devrait contribuer par ce qui lui semble le plus significatif.

Elle garde le silence, les yeux baissés. Je suis en train de la perdre et je ne le supporte pas.

Je me mets à genoux devant elle pour la regarder, les yeux dans les yeux, et je lui parle avec empressement, du fond du cœur :

— Ruby, j'ai eu beaucoup de temps pour y réfléchir et je me suis rendu compte que j'avais tout pris par le mauvais bout. Ce que j'aurais dû te dire avant, ce par quoi j'aurais dû commencer, c'est que je t'aime.

Je retiens mon souffle en espérant qu'elle me dise la même chose. Si nous nous aimons, tout le reste fonctionnera.

Elle me dévisage pendant un long moment chargé de tension.

Je reste pétrifié, le cœur battant à mes oreilles, la poitrine comprimée.

Enfin, ses yeux s'embuent.

— D'accord, dit-elle tout bas.

Je respire à nouveau. Elle cligne frénétiquement des paupières et les larmes coulent sur ses joues. Cette vue me remplit d'espoir et j'en ai les yeux qui piquent.

Je m'assois à côté d'elle sur le lit et j'essuie ses larmes avec mon pouce.

— Je sais que tu m'aimes aussi.

Elle part d'un petit rire.

— Ah, tiens donc !

— Ta mère n'a pas été discrète en te disant de ne pas laisser ta fierté te couper de l'homme que tu aimes. J'en ai déduit qu'elle parlait de moi, à moins que toi et Rafe…

Elle repousse mon bras et sourit à travers ses larmes.

— Tais-toi.

— Tu m'as manqué.

Elle renifle.

— Toi aussi, tu m'as manqué. C'est vrai, je t'aime, dit-elle en croisant mon regard.

La tension qui n'a cessé de monter ces derniers jours quitte soudain mon corps en coup de vent. Je l'attire dans mes bras pour l'étreindre chaudement.

— J'aime te l'entendre dire.

Quelques instants plus tard, elle s'écarte.

— J'ai pu confirmer plusieurs clientes d'Anna en rentrant. Trois d'entre elles sont même impatientes de me confier la décoration de chez elles avant le Nouvel An et elles me paient le double pour accélérer les choses. J'ai assez de travail pour les six prochains mois. Je peux emménager dans mon propre appartement en faisant le dépôt nécessaire.

— C'est super. Je suis content pour toi. Je sais que tu y tenais.

Elle fait la moue.

— Mais tu as tout gâché. Je n'ai pas pu en profiter, je n'ai même pas pu commencer ma recherche d'appartement, parce que j'étais trop malheureuse sans toi.

J'écarte les cheveux de son visage.

— Moi aussi, j'étais malheureux.

Elle expire vivement.

— Ça ne me fait pas autant plaisir que je le pensais.

— Tu souhaitais mon malheur ?

— Oh, oui. Je voulais que tu restes une coquille vide, maudissant le jour où tu as perdu la meilleure chose qui te soit jamais arrivée. J'espérais que, dans ton malheur, tu deviennes impuissant et que tu ne puisses plus jamais t'amuser avec une femme pendant le reste de ta misérable existence.

— Bon sang, rappelle-moi de ne plus jamais m'attirer ta colère.

Elle éclate de rire.

— Je sais. Je voulais seulement que tu sois aussi triste que moi. Phillip, tu m'as vraiment blessée. On aurait dit que tu te trouvais supérieur à moi, que j'étais cupide et fermée, alors que toi, tu suivais une voie plus noble. Je m'étais sentie si proche de toi, plus proche qu'avec personne d'autre, et j'avais l'impression que le fossé entre nous était soudain trop profond pour être franchi. Nous venons de deux mondes différents.

— Ça fonctionne entre Gabriel et Anna.

— Anna a toujours voulu des bases solides et une famille. C'est ce que Gabriel lui a donné. Mais Phillip, ça ne me correspond pas. J'ai tout ce dont j'ai besoin ici, à part toi. Je ne sais pas comment nous pourrions nous adapter l'un à l'autre.

— Je vais m'installer à Tampa.

Je suis le premier étonné par cette décision impulsive, mais c'est le seul moyen de la rendre heureuse.

Elle en reste bouche bée.

— Quoi ? Tu ne peux pas emménager à Tampa. Tu dois continuer tes bonnes œuvres. C'est important pour toi, et pour le monde entier.

Nous nous dévisageons. C'est une impasse. Elle veut que je fasse ce que j'ai le plus envie de faire, mais elle n'a pas envie de le faire avec moi. Et je ne suis pas vraiment à ma place ici, nous le savons tous les deux.

Elle se détourne et mon cœur bondit dans ma gorge.

— Ruby.

— Tu avais peut-être raison, dit-elle tout bas. Nous sommes sur deux chemins qui s'éloignent l'un de l'autre.

— Épouse-moi.

Elle tourne brusquement la tête, ses yeux verts grands ouverts. Elle paraît aussi étonnée que moi, mais maintenant que je l'ai proposé, j'en ai très envie. Je l'aime. C'est tout ce qui compte. La seule chose qui compte.

Je prends ses deux mains dans les miennes.

— J'ai besoin de toi dans ma vie, Ruby. Pour toujours. Tu es *ma* base solide, le cœur de mon existence, le centre de tout ce que je fais. Je sais que c'est rapide. Je n'ai même pas de bague, mais il n'y a rien que je désire plus que de t'avoir à mes côtés pour la vie.

Elle paraît heureuse pendant un moment, mais elle finit par froncer les sourcils.

— Et qu'est-ce que ça résout, au juste ?

— Nous nous posions la mauvaise question. Ce ne sont pas nos activités qui prennent le dessus. La bonne question, c'est : comment le reste peut s'agencer autour de notre vie de couple ? Il faut commencer par l'amour.

Je lui donne un petit baiser.

— Nous serons un front uni et nous déciderons de tout ensemble. Où nous vivons, comment nous vivons.

Je prends son beau visage entre mes mains.

— Il n'y a rien de plus important que toi, à mes yeux. Tout cela ne signifie absolument rien si tu n'es pas dans ma vie.

Son front se plisse tandis que son regard se plonge dans le mien.

Je laisse retomber mes mains et j'attends, le souffle court, en espérant la réponse que j'ai tellement envie d'entendre.

Elle pince les lèvres tout en réfléchissant. Enfin, elle déclare :

— Ça me plaît beaucoup. Nous pourrions définir des périodes de temps. Six mois ici pour ma carrière, six mois autour du monde en tant qu'ambassadeurs en faveur de l'eau potable. Tu as le pouvoir d'imposer ton propre emploi du temps aux gens qui travaillent avec toi et tu serais toujours en mesure de partir sans moi de temps en temps s'il le faut.

Je suis à nouveau capable de respirer, rempli de joie. Soudain, tout me semble léger et rayonnant. Elle est partante.

— Et tu veux bien m'épouser ?

Elle sourit d'un air taquin.

— Quand je recevrai une proposition digne du prince Phillip Rourke.

Je pose un genou au sol devant elle et je lui prends la main dans un geste galant.

— Ruby Evans, me feras-tu l'immense honneur de devenir ma femme ?

— Oui !

Elle se jette sur moi et je la rattrape, l'enlaçant pendant un long moment. Elle m'embrasse. C'est l'accueil le plus adorable que l'on m'ait jamais fait. Soudain, nous sommes avides l'un de l'autre et nous roulons au sol. Elle est sur moi et mes mains parcourent ses courbes menues.

Elle redresse la tête.

— Nous devrions trouver un endroit plus intime.

— Oui, et vite.

En gloussant, elle s'empresse d'aller ouvrir la porte de sa chambre. Ses parents reculent d'un bond, l'air coupable.

— Maman ! Papa !

— Félicitations, ma chérie ! s'exclame sa mère.

Son père me tape dans la main.

— Bienvenue dans la famille ! On pourra visiter le palais ?

14

—————

Ruby

Phillip et moi avons très envie l'un de l'autre, mais chaque chose en son temps. Nous sommes un couple fiancé et mes parents sont fous de joie. Nous les suivons dans la cuisine pour fêter ça avec du chardonnay. Bien sûr, maman s'en tient à l'eau.

— Félicitations ! s'extasie-t-elle en trinquant avec nous.

— Félicitations, ajoute mon père.

Phillip entrechoque son verre avec le mien en dernier et il ne me quitte pas des yeux en prenant une gorgée. Moi non plus.

— Bon, nous ferions mieux d'y aller, dis-je. Je dois ramener Phillip à son hôtel où il a des détails à régler avec son attaché de presse en prévision de l'annonce officielle.

Il comprend mon allusion et il pose son verre sur le plan de travail.

— Oui, il est très important que je lui parle en personne pour que la nouvelle ne s'ébruite pas avant.

— Waouh, fait ma mère. Une annonce royale officielle ! Allez-vous vous marier ici ou au palais ?

— Ruby ? m'interroge Phillip.

J'aime qu'il me laisse le choix, même si je suis certaine que tous les mariages royaux se déroulent dans la chapelle du palais Amalie. C'est là qu'Anna et Gabriel se sont mariés. Mes parents ont enregistré l'événement et nous l'avons regardé plus tard à la télévision.

Je me tourne vers eux.

— Ça vous conviendrait si nous nous marions dans la chapelle royale ? Nous pourrions attendre que vous soyez en mesure de voyager avec le bébé.

Ils n'ont toujours pas choisi le prénom.

Le visage de ma mère est éclairé par un sourire radieux.

— Avec joie ! Phillip, nous avons vu le mariage d'Anna à la télévision. Cette chapelle est magnifique. Aurez-vous le carrosse tiré par les chevaux aussi ?

— Ruby aura tout ce qu'elle veut, répond-il, amusé.

— Garde-le, cet homme est le bon, me dit ma mère.

— Oui !

Je la prends dans mes bras pour lui dire au revoir, puis mon père.

— Je vous appellerai. Nous avons beaucoup de choses à organiser.

Phillip leur serre la main, mais ma mère insiste pour l'étreindre et l'embrasser sur la joue. Il ne leur a pas fallu bien longtemps pour se réchauffer à son contact, en dépit des qualificatifs de prétentieux, exigeant et arrogant dont je l'avais affublé. En tant qu'abonnée de longue date au beau gosse royal, ma mère a toujours pensé qu'il devait être adorable dans la vie réelle. Elle se basait uniquement sur son sourire franc. Il s'avère qu'elle avait raison.

Nous finissons par nous éclipser et je le conduis, en compagnie des gardes du corps, vers ma Toyota garée dans la rue sous le soleil de Floride. Je déverrouille les portières et je retire le pare-soleil du tableau de bord.

Je me tourne vers Rafe et Henry, qui mesurent tous les deux plus d'un mètre quatre-vingt. Je sais qu'ils seront à l'étroit derrière.

— Désolée, ce ne sera pas la Mercedes spacieuse dont vous avez l'habitude.

— Aucun problème, madame, dit Henry.

Quant à Rafe, il reste de marbre.

Ils entassent leurs corps musclés sur la banquette arrière. Je m'installe au volant tandis que Phillip prend place sur le siège du côté passager.

J'allume la voiture et j'enclenche la climatisation avant de me tourner vers Phillip.

— Où allons-nous ?

— À vrai dire, je n'y ai pas réfléchi. J'étais concentré sur ce que j'allais te dire et je n'ai pensé à rien d'autre. Anna et Gabriel séjournent à l'hôtel Epicurean. Nous pourrions y aller aussi.

C'est un hôtel de luxe. Voilà ma vie, désormais, entrecoupée de missions inhabituelles dans les pays les plus défavorisés de la planète. Un avenir que je n'aurais jamais pu imaginer, mais qui sera extrêmement gratifiant, j'en ai la certitude. Et puis, j'ai toujours ma vie chez moi pendant la moitié de l'année.

— Ou ailleurs, si tu veux, ajoute-t-il.

— Comme tu es conciliant maintenant, dis-je sur le ton de la plaisanterie.

Il éclate de rire.

— Ça ne durera peut-être pas. Je suis tellement content que tout se soit arrangé entre nous. Je te conseille d'en profiter tant que tu le peux. En ce moment, je te donnerais à peu près tout ce que tu me demandes.

Soudain, un raclement de gorge attire notre attention vers la banquette arrière.

Phillip se retourne.

— Des conseils conjugaux, Rafe ?

— Vous avez une chambre à l'Epicurean, comme nous.

— Ah.

Rafe me donne l'adresse, mais je la connais déjà. J'ai grandi ici. Je conduis jusqu'à l'hôtel, où je remets au voiturier les clés de mon véhicule qui n'a rien de luxueux.

Phillip me prend la main et m'entraîne en hâte vers la réception. Quelques minutes plus tard, nous montons dans la chambre. Ses bagages s'y trouvent déjà. Les deux hommes se rendent dans la chambre voisine qui leur est attribuée.

C'est une suite. J'ai à peine le temps de contempler le salon élégant avant que Phillip ne me soulève dans ses bras pour m'emmener jusqu'à la chambre. Je fonds.

— Musique, lui dis-je. Il faut un fond sonore si on ne veut pas que les gardes nous entendent.

— Oh, Ruby, ils s'en fichent. Crois-moi.

— Moi, je ne m'en fiche pas !

Il me dépose au pied du lit et appuie sur le radio-réveil, sur la table de chevet. C'est le top 40 des chansons pop, et le volume est élevé.

Je souris.

— Parfait !

Quand il ouvre le tiroir de la table de nuit, je découvre une boîte de préservatifs. Il pousse un petit grognement approbateur.

— Pouah ! Hors de question qu'on utilise les restes de la dernière personne qui a séjourné ici.

Il éclate de rire.

— Ce sont les miens. C'est mon valet qui les a laissés ici. Regarde, c'est ma marque préférée.

Il me montre la boîte ornée d'un petit autocollant doré avec ses initiales.

J'écarquille les yeux.

— Tu as des autocollants personnalisés ? Des préservatifs monogrammés, en quelque sorte ? dis-je en pouffant.

Il sourit.

— C'est sa petite touche quand il me laisse quelque chose que je n'avais pas prévu, pour me faire savoir que je peux m'en servir. Manifestement, il espérait qu'on se réconcilie.

Je le dévisage, à court de mots. Décidément, je vais devoir m'habituer à mener une vie aussi publique.

— Tu préférerais que je n'en aie pas et qu'il me faille demander des préservatifs à la conciergerie ?

Je referme les bras autour de sa taille.

— Alors, tu ne t'y attendais vraiment pas ?

À son tour, il m'enlace et baisse les yeux sur moi.

— Je n'étais même pas sûr que tu voudrais me voir.

— Tu ne savais pas que je t'aimais ?

— Non. Je l'espérais, mais je ne savais pas. Je croyais avoir tout gâché.

— Eh bien, je t'aime.

Il prend mon visage entre ses mains.

— Je n'aurais jamais cru aimer à nouveau, et puis tu t'es pavanée dans ma vie et tu as tout bouleversé. J'ai le cœur à fleur de peau, et même entre tes mains, depuis le premier instant où je t'ai tenue dans mes bras.

Je souris au souvenir de cet instant, dans la cabine du yacht. Mon propre cœur est sur le point d'exploser.

— J'ai le chic pour me pavaner, c'est vrai.

Il parle tout contre mes lèvres.

— Heureusement.

Puis nous nous embrassons et ne pensons plus à parler. Il arrache mon t-shirt, dégrafe mon soutien-gorge et le jette, admirant mes seins sans s'en cacher tandis qu'il ouvre mon short en jean.

Une infime préoccupation me pousse à demander :

— Tu ne me trouves pas trop petite ?

Il a fait une remarque sur mon gabarit pendant notre dispute et je suis un peu sensible à ce sujet.

— Corps étroit, esprit étroit.

Il ferme les yeux un moment et me serre contre lui.

— Tu es menue, mais je n'aurais pas dû faire de commentaires sur ta taille. Et tu n'es pas étroite d'esprit non plus. Je regrette tellement ce que je t'ai dit.

Il recule et passe les mains le long de mes côtes.

— J'adore tes courbes menues. Tu es si belle, si sexy, et tu me conviens à la perfection.

Je redresse le menton, encore un peu réticente.

— Le problème vient peut-être de toi. C'est toi qui es trop grand.

Il ricane, mais ne dit rien. Au lieu de quoi, il baisse mon short en jean, emportant ma culotte au passage. Puis il ouvre les couvertures, me hisse par la taille et me jette sur le lit.

— Ah ! Phillip ! Tu ne peux pas me manipuler comme une poupée.

— C'est tellement facile de te porter, dit-il en souriant. J'essaierai de me retenir. Tu pourrais aussi faire la même chose avec moi.

Il commence à déboutonner sa chemise, l'air satisfait. Il sait que je ne pourrais jamais le faire bouger d'un pouce. Il est bien plus costaud, avec au moins vingt kilos de muscles en plus. Il y a d'autres moyens…

Je me redresse et ouvre son pantalon, le libérant en hâte. Puis je prends son sexe en érection dans ma main.

— Je peux te mettre à genoux rien qu'en te suçant.

Il m'agrippe les cheveux à une main et incline mon visage vers le sien.

— Tu pourrais me mettre à genoux par un seul mot. Je t'aime tellement, Ruby. Je ferais tout pour toi.

Ma mâchoire se décroche à ces mots si sincères que je ne peux m'empêcher de les croire. Aucun homme n'a jamais éprouvé de tels sentiments pour moi, prêt à faire absolument tout. La plupart du temps, ils se contentaient du strict minimum.

Il sourit en me repoussant sur le dos.

— Alors, tu vois, la dynamique de pouvoir est clairement en ta faveur, dit-il.

Il enfile un préservatif avant de s'avancer sur moi, m'écartant les jambes pour s'y insérer.

— Phillip.

Nos doigts s'entrecroisent et il lève mes mains par-dessus ma tête, les plaquant sur le matelas.

— Oui, mon amour ?

— Personne ne m'a jamais dit ce genre de choses de toute ma vie.

— Content d'être le premier.

Il me pénètre tout en douceur, provoquant une délicieuse douleur entre mes cuisses.

— Croise les chevilles autour de ma taille.

Dès l'instant où je m'exécute, il entame des va-et-vient avec force et vigueur. C'est exactement ce dont j'ai besoin. Son regard est rivé au mien et l'intensité augmente à chaque coup de reins. Il passe une main sous mon corps, inclinant mes hanches pour me prendre encore plus profondément. J'ai le souffle court, propulsée vers l'extase. Sa bouche se referme sur la mienne et il change d'angle d'attaque, déclenchant un plaisir intense. En moi, tout se contracte. Je rejette la tête en arrière dans une bouffée de délice. Il maintient le rythme, décuplant sans cesse mon plaisir. Mes gémissements se changent en cris débridés lorsque je bascule à nouveau, et enfin il se lâche dans un dernier coup de boutoir avant de s'immobiliser.

Je suis rayonnante, euphorique sous le poids de son corps. Je referme les bras autour de lui et le serre avec chaleur.

— Je t'aime, je t'aime, je t'aime.

Il lève la tête et sourit en m'embrassant tendrement.

— Je t'aime aussi. Hmm… trois « je t'aime » pour deux orgasmes. Je crois que je t'en dois un autre très bientôt.

Il se laisse tomber sur le dos à côté de moi.

Je me tourne vers lui, soutenue sur un coude.

— J'aime ta façon de penser, dis-je en passant la main sur son torse brûlant. Et je suis toujours partante pour continuer.

À son tour, il tourne la tête vers moi, un sourire aux lèvres.

— Laisse-moi juste un moment.

Je l'enfourche et tends la main vers la radio pour l'éteindre. Il s'assied sans me lâcher, attrape la couverture et la ramène sur nos deux corps avant de s'allonger à nouveau. Sa main chaude me caresse le dos et je pose les miennes sur son torse, les yeux levés vers lui. Il a les paupières fermées, le visage détendu. L'ombre d'une barbe obscurcit son menton, comme s'il avait oublié de se raser. J'aime me dire qu'il était trop concentré sur nos retrouvailles et notre réconciliation pour penser aux gestes les plus élémentaires.

Je dépose un baiser sur sa poitrine.

— Tu as refait ta valise ou c'est la même depuis la dernière fois ?

— C'est celle de l'Inde. Je voulais venir directement te voir, mais je devais passer chercher Anna et Gabriel.

— Elle m'a parlé de Mike. Nous devrions aller le voir tout à l'heure.

— Oui. Tu as faim ?

— Un peu.

— Excellent.

Une heure plus tard, nous sommes installés dans la petite salle à manger de notre suite, enveloppés dans des peignoirs blancs moelleux, et nous savourons un délicieux déjeuner. Ensuite, nous faisons des projets – de grands projets – tout en élaborant la logistique de notre vie commune en tant que partenaires égaux. Tout passe par le filtre de : est-ce que cela nous permet d'être le mieux possible l'un envers l'autre ? Si oui, alors banco, sinon c'est à proscrire. Il est au centre de ma vie et je suis au centre de la sienne. Notre prochaine étape, c'est le retour à Villroy pour le mariage de sa sœur Emma, puis nous avons rendez-vous à l'ONU, à New York, avant de retourner à Tampa.

Ma vie se déclinera bientôt selon trois rôles : femme d'un prince, décoratrice d'intérieur et grande sœur en Floride, et ambassadrice de l'eau potable dans le monde. Je ne suis pas officiellement ambassadrice, mais à ma demande, Phillip me fera nommer responsable des efforts humanitaires pour les filles et l'éducation. C'est mon projet spécial et je l'adore.

— Et les enfants ? demande-t-il. J'aimerais avoir des enfants.

Je me redresse, ivre de joie.

— Oui pour les enfants, quand nous aurons fini de voyager. Peut-être quand j'aurai trente ans. Ça te va ?

Je sais qu'il en a vingt-neuf. Je lui demande d'attendre encore cinq ans.

— Tout à fait. Combien ?

— Ma maman a subi de nombreuses fausses couches. J'ignore comment ça se passera pour moi.

Il me prend la main par-dessus la table.

— S'il y a la moindre difficulté, nous pourrons toujours adopter. Nous avons vu tous ces orphelins abandonnés dans les régions dévastées.

Ma gorge se noue. C'est un homme tellement généreux et il a raison.

— Cette idée me plaît. Oui. Dans ce cas, quatre enfants.

— J'ai grandi avec six frères et sœurs, dit-il en souriant. J'adore les grandes familles. Et puis, nous aurons de l'aide. Mon ancienne nounou acceptera peut-être de se joindre à notre famille.

— Si elle n'est pas déjà occupée avec le bébé d'Anna et Gabriel.

— Anna est enceinte ?

— Pas que je sache, mais elle m'a dit qu'ils y travaillaient.

Il ricane.

— Ils y travaillent. Comme si baiser était un travail.

Il se lève.

— Viens par ici, j'ai besoin de toi pour quelque chose de très agréable. Tu vois, cette fois, je ne te manipule pas comme une poupée !

— Tant mieux ! Je viens à peine de manger. Il ne faut jamais manipuler sa fiancée quand elle a le ventre plein.

Il tend la main vers moi.

— Ruby.

Je me lève et prends sa main tendue. Il m'attire alors dans ses bras pour m'embrasser. Puis il baisse la tête et murmure à mon oreille d'une voix rocailleuse :

— Nous allons jouer à un jeu. J'appelle ça l'orgasme de folie.

— Ce jeu me plaît déjà, dis-je en souriant.

Il pose la paume sur ma joue.

— Je sais. Je l'ai inventé en ton honneur.

— Tu as le droit de me porter jusqu'à la chambre.

Il me soulève dans ses bras.

— Alors, tu aimes ça, n'est-ce pas ?

— C'est romantique, dis-je en hochant la tête.

Il me dépose dans la chambre, ferme la porte et me hisse à nouveau pour me regarder droit dans les yeux en me plaquant contre la porte. J'enroule mes bras et mes jambes autour de lui.

— Toi et moi, Ruby, à partir de maintenant. Pour toujours.

— Oui, dis-je péniblement à cause du nœud qui se forme dans ma gorge.

Je n'avais encore jamais connu d'homme qui s'exprime avec une telle ferveur, un tel amour. Il a un cœur immense.

Ses lèvres rencontrent les miennes et mon esprit se ferme, perdu dans les sensations. Un long moment plus tard, il me pose à nouveau sur mes pieds et retire mon peignoir. Je le débarrasse du sien, mais il a le temps de sortir un préservatif de sa poche.

— Je vois qu'on est préparé ! m'exclamé-je.

— Avec toi, il le faut.

Il termine de l'enfiler, me prend par la taille et me soulève pour m'empaler. J'expulse l'air de mes poumons en refermant les jambes autour de sa taille, mon dos contre le mur. Prenant appui sur mes hanches, il me soulève tout en me pilonnant.

— L'avantage de ton gabarit, dit-il d'une voix rauque, c'est que je peux te soulever comme ça.

— Continue.

Je me laisse aller en frissonnant autour de lui. Il ne me lâche pas, au contraire, il redouble d'ardeur. De petits cris m'échappent tandis que le plaisir monte en flèche. Il me penche en arrière, glissant sa main entre nous pour me caresser. Les sensations déferlent, comme si tout mon corps était chauffé à blanc. J'enfonce les ongles dans ses épaules, en proie à une intensité presque insoutenable. Enfin, j'explose dans un cri qui m'emporte la gorge. Vidée, je m'effondre contre lui tandis qu'il jouit dans un dernier coup de reins, gémissant dans mon cou.

Il lève à nouveau la tête pour m'embrasser avec tendresse. Puis il se retourne sans me libérer et m'emmène au lit, où il me dépose délicatement sur le matelas avant de me rejoindre. Là, il me retourne sur le côté et blottit son grand corps chaud derrière moi comme une cuillère. Je pousse un soupir de pure satisfaction. Ça ne me dérange pas qu'il manipule mon corps quand il s'agit de positions érotiques et sensuelles.

Il écarte les cheveux de mon visage et chuchote à mon oreille :

— Maintenant, les gardes connaissent le son de ta voix

quand tu te laisses aller, alors tu peux te lâcher sans craindre de les voir débouler dans la chambre.

Je me fige. *Quoi ?*

— Phillip ?

— Hmm, hmm.

Son bras se contracte autour de ma taille et il me plaque fermement contre lui comme si je pouvais bondir et le frapper. Je suis trop fatiguée pour ça.

Je demande d'un ton posé :

— Alors, on a joué à l'orgasme de folie pour divertir tes gardes, c'est ça ?

— Non, ma chérie, c'était pour toi.

Je me détends un peu.

— Disons que c'était un petit avantage annexe.

— Phillip ! dis-je en lui lançant un regard assassin par-dessus mon épaule.

Il m'embrasse.

— Maintenant, remercie-moi pour cet orgasme de folie.

Je grommelle en m'installant plus confortablement.

Ses doigts glissent entre mes jambes et je gémis.

— C'est un merci que j'ai entendu ? fait-il d'un ton taquin.

— Tu me le paieras, dis-je de mauvaise grâce avant de tressaillir.

Il possède mon corps et j'adore ça.

Un long moment plus tard, je retombe sur le matelas, épuisée. Il s'est appliqué, concentré sur mon plaisir.

— Merci.

— Et voilà ! s'écrie-t-il, victorieux, en relevant la tête d'entre mes jambes.

Il se hisse à côté de moi sur le lit.

— Je savais que je pouvais y arriver si je voulais. Mes lèvres et ma langue…

Je me redresse sur les coudes pour le foudroyer du regard.

— Chut !

— Tu n'as toujours pas appris ta leçon ? Tu ne dois pas être inhibée à cause des gardes.

Il soupire.

— Nous allons devoir recommencer.

Cette fois, je m'assois en le poussant. Il ne résiste pas et se laisse tomber sur le dos. Puis j'embrasse son début de barbe rugueux.

Ses joues se plissent contre mes lèvres.

— J'aime mieux ça.

Sur ce, il m'enlace, refermant les bras autour de moi.

Je pose ma tête sur son torse et j'écoute les cognements réguliers de son cœur. Je suis exactement là où je voudrais être, là où je suis censée être, dans une bulle d'amour.

ÉPILOGUE

La semaine suivante, dans la salle à manger royale...

Phillip

Je meurs d'envie d'annoncer à ma famille la grande nouvelle de nos fiançailles, mais je dois attendre. Nous sommes réunis pour la répétition du dîner de mariage de ma sœur Emma avec son fiancé Abdul, prince d'un petit royaume d'Asie du Sud-Est. L'événement a lieu demain à la chapelle. Après leur mariage, Emma ira vivre avec lui. Il est plutôt classique, très convenable comme notre Emma, et il a l'air gentil. Ses cheveux bruns sont coiffés sur le côté et il porte un costume bleu marine avec une cravate rose clair et un mouchoir à la boutonnière. La tenue de ma sœur est assortie, une robe rose pudique à manches longues et un collier de perles. Ses longs cheveux bruns sont séparés par une raie au milieu. Ses grands yeux noisette sont baissés et son comportement toujours aussi discret, un peu raide. Ses lèvres roses rebondies sont pincées en une ligne fine. Je pensais qu'elle paraîtrait plus heureuse à la veille du grand jour qu'elle attend depuis si longtemps. Peut-être est-elle nerveuse. Le mariage entre Abdul et elle a été arrangé par nos deux royaumes. Elle l'a accepté comme futur époux quand elle avait seize ans et elle a attendu ses vingt-cinq ans, conformément au souhait de mes parents. Elle a fêté son quart de siècle la semaine dernière. Elle boit rarement de l'alcool, et comme elle a pris un peu de champagne, elle devrait se détendre.

C'est peut-être à cause de l'absence de notre mère. Elle vit en recluse, désormais, prenant tous ses repas dans sa chambre. Elle dit qu'elle sera au mariage demain et ce sera sa première apparition publique depuis la mort de mon père. Ruby et moi, nous lui avons rendu visite dans sa suite pour lui annoncer la grande nouvelle, plus tôt dans la journée. Elle nous a donné sa bénédiction, même si elle n'avait pas l'air ravie. Rien ne pénètre l'épaisse brume de chagrin qui l'entoure. Je comprends. Elle a perdu l'amour de sa vie.

Dès la fin du repas, je me lève et rejoins Emma, assise à côté de son fiancé. Les parents d'Abdul et ses deux sœurs sont ici, ainsi que tous mes frères et mon autre sœur.

— Félicitations.

— Merci, Phillip, dit Emma d'une voix monocorde.

Je la regarde dans les yeux. Elle n'est pas éméchée. Je ne l'ai jamais vue ivre, mais son attitude est aux antipodes de l'événement joyeux, à tel point que je me demandais si ce n'était pas un effet de l'alcool. En fait, elle semble éteinte. Son regard est inexpressif.

— Merci, répond Abdul dans un anglais parfait. Je suis content que nous puissions enfin nous marier maintenant qu'Emma a atteint l'âge.

— Oui, joyeux anniversaire, sœurette.

Je n'étais pas là le jour même.

Elle incline à peine la tête et je lui serre l'épaule.

— Ça te dérange si j'annonce une bonne nouvelle à notre famille ou tu préfères que j'attende une autre occasion ? Je ne voudrais pas te voler la vedette.

— Oh, non, je t'en prie, vas-y, me dit-elle.

Je me tourne vers Abdul, qui me fait signe de parler.

Je rejoins alors Ruby et je me penche pour murmurer :

— Je vais leur annoncer la nouvelle.

Elle sourit en hochant la tête.

Je fais tinter une cuillère contre un verre et le silence

retombe parmi l'assistance. Mes frères et mes sœurs se tournent vers moi. Gabriel et Anna sont là, eux aussi. Elle n'est que l'ombre d'elle-même, car elle a perdu Mike la semaine dernière. Il est mort une heure après son arrivée, comme s'il l'avait attendue pour lui dire au revoir. Elle a organisé des obsèques discrètes, comme il l'avait demandé, puis ils sont rentrés à la maison.

Je balaie tous les convives du regard.

— En cette occasion heureuse, j'aimerais renouveler mes félicitations à Emma et Abdul.

Tout le monde applaudit et un murmure joyeux s'élève dans la salle. Mes frères et ma sœur sont moins enthousiastes. Ils pensent qu'Emma a pris trop à cœur son rôle de princesse dévouée en acceptant ce mariage arrangé. C'est une option que mes parents nous ont proposée à tous. Seuls Gabriel et Emma l'ont sérieusement envisagée. Ces deux-là se ressemblent, en parfaite osmose avec la tradition royale. Je le comprenais chez Gabriel, l'aîné et l'héritier au trône, mais Emma est cinquième dans l'ordre de succession. Elle estimait qu'il était important de perpétuer la coutume, sans doute parce que ma mère a mis l'accent sur ce point. Elles ont toujours été très proches, toutes les deux. Emma était la fille que ma mère attendait d'avoir après ses quatre premiers fils.

Je continue :

— Il y a une autre bonne nouvelle dont j'aimerais vous faire part.

Je souris à ma bien-aimée. Ses joues virent au rose et je me tourne vers le groupe.

— Ruby et moi, nous sommes fiancés.

Tout le monde applaudit et mes frères poussent des sifflements joyeux. Je me penche pour embrasser Ruby au teint soudain empourpré.

Une fois que le brouhaha retombe, elle lève la main.

— Merci à tous. Nous sommes très heureux.

Anna se lève pour nous étreindre.

— Félicitations ! Ruby, je suis tellement, tellement heureuse que tout se soit résolu pour le mieux. J'espère que vous vivrez ici, à Villroy.

— En fait, dit Ruby, nous allons voyager pour mon travail et pour le sien, alternant pendant un moment. En attendant d'être prêts à nous installer pour fonder une famille.

— Je vous souhaite beaucoup de bonheur, reprend Anna d'une petite voix, avec un sourire larmoyant.

Gabriel se lève à son tour et vient nous féliciter, puis il raccompagne Anna à sa place.

Je croise le regard d'Emma.

— Félicitations, dit-elle en toute sobriété.

— Merci, à toi aussi. Tu dois attendre la journée de demain avec impatience.

Abdul écoute attentivement sa réponse.

Elle sourit, mais ses yeux demeurent froids.

— Bien sûr. L'organisation a été longue, mais enfin, nous y sommes.

— Neuf ans, dit son fiancé. C'est une longue attente.

— C'est vrai. Eh bien, sachez que nous sommes tous impatients pour vous.

Gabriel et Anna ne tardent pas à prendre congé tandis que les autres convives se replient dans le petit salon pour continuer les festivités. C'est la deuxième semaine de novembre et il fait trop frais pour monter sur le toit-terrasse. Emma s'excuse à vingt et une heures, comme à son habitude. Elle a toujours respecté scrupuleusement son heure de coucher. De toute façon, elle est stricte dans tous les domaines, selon ses propres conditions. J'espère que le mariage la décoincera un peu, même si à en juger par le caractère d'Abdul, tout aussi impeccable et collet monté, j'en doute fortement. Mais après tout, qu'est-ce que j'en sais ? C'est peut-être ce dont elle a besoin.

Le lendemain, je me rends au bras de Ruby à la chapelle du palais où Emma doit bientôt se marier. Ruby voulait y jeter un œil avant la cérémonie, histoire de repérer les lieux. Sans doute pour prendre quelques photos aussi. Elle adore l'architecture et la décoration. Et moi, je l'aime plus que je l'aurais cru possible. Hier soir, nous sommes restés très tard au salon, à boire et à discuter pour permettre à mes frères et à ma sœur d'apprendre à connaître Ruby. Chacun son tour, ils sont venus me dire qu'ils la trouvaient parfaite pour moi. J'étais tout à fait d'accord.

Je prends la main de Ruby et entrecroise mes doigts aux siens. Elle se tourne avec un grand sourire, ses yeux verts étincelants. Je lui rends son sourire et une joie bouillonnante m'envahit quand je pense à notre avenir commun. Je me demande où nous finirons par habiter. Au palais ? Quelque part ailleurs, mais toujours à Villroy ? Peut-être en France, non loin d'ici ? Ou aux États-Unis ? J'envisage différents lieux, différentes vies compatibles avec des enfants. Dans tous les scénarios, notre foyer sera plein d'amour.

Je repère Gabriel et Anna dans le couloir, vêtus de leurs tenues des grands jours : un smoking noir pour lui et une robe pêche pour elle. Ils forment un duo très élégant.

— Bonjour, lancé-je sur un ton guilleret. Belle journée pour un mariage.

Gabriel me rejoint, la mine sombre. Anna s'empresse de le rattraper. Aussitôt, je m'inquiète. Il est peut-être arrivé quelque chose à Mère. Elle est peut-être trop mal en point pour sortir de ses appartements et assister au mariage. Emma serait dévastée. Elles ont toujours été très proches, toutes les deux.

— Que se passe-t-il ? demandé-je.

— Emma a disparu, murmure Gabriel avec empressement. Tu l'as vue ?

— Non. Tu as demandé à Silvia ?

Notre sœur avait l'intention d'aider Emma à se préparer.

— Évidemment que j'ai vu Silvia, rétorque-t-il. Elle m'a dit qu'après avoir enfilé sa robe, Emma a demandé à passer un peu de temps toute seule. Quand Silvia est revenue dans sa chambre, elle n'était plus là.

— Le palais est grand, intervient Ruby. Elle doit bien être quelque part. Elle a peut-être rendu visite à votre mère.

— Oui, dis-je en me tournant vers elle en souriant. Tu es brillante, ma chérie.

— Elle n'est pas avec Mère, répond Gabriel en serrant les dents. Nous avons vérifié. Nous devons nous séparer et fouiller le palais sans éveiller les soupçons.

J'acquiesce.

— Ruby et moi, nous prenons l'aile est. Anna et toi, cherchez-la dans l'aile ouest.

— Vous croyez qu'elle renonce à son mariage ? chuchote Ruby.

Gabriel redresse le menton et déclare sur un ton altier :

— Bien sûr que non. Elle est sans doute nerveuse, et elle aura perdu la notion du temps, c'est tout. Rien de bien grave. Nous la rassurerons et tout se passera bien.

— Cela dit… commence lentement Anna.

Nous nous tournons vers elle comme un seul homme.

Un muscle tressaute dans la mâchoire de Gabriel. Il attend que sa femme termine sa phrase.

Anna fait la grimace.

— Elle a *peut-être* suivi mon conseil de partir un peu pour prendre le temps de réfléchir.

Gabriel secoue la tête, les sourcils froncés.

— Oh, alors elle est sortie se promener, dis-je. C'est un soulagement.

— Non, c'est pire que ça, répond Gabriel à voix basse. N'est-ce pas, Anna ?

Aussitôt, elle rougit, manifestement coupable. Il la connaît très bien.

— Ne vous inquiétez pas. Elle est en sécurité.

— Tu n'aurais pas pu lui donner tes conseils avant le jour de son mariage ? demande sèchement Gabriel.

Anna fait un grand geste pour exprimer son impuissance.

— J'ai essayé, mais ta sœur est aussi obstinée que toi et elle était bien décidée. Je lui ai à peine suggéré une option. C'était hier. Ce n'est pas ma faute si elle a choisi aujourd'hui pour la mettre en pratique.

Gabriel semble alarmé. Il se rue immédiatement vers la porte latérale donnant sur l'extérieur, sans doute pour essayer de retrouver Emma.

— Gabriel ! lance Anna en se précipitant derrière lui.

Il s'arrête et ils s'engagent dans une conversation animée dont nous ne percevons que des bribes. Enfin, Gabriel sort en trombe, Anna sur ses talons.

Qui aurait cru que ma propre sœur s'enfuirait le jour de son mariage ?

— On ne s'ennuie jamais chez toi, lance Ruby.

Je passe un bras autour de ses épaules pour la serrer contre moi.

— Bienvenue dans mon monde.

Elle me sourit.

— J'adore ça, et je t'aime, tu sais.

— Moi aussi, je t'aime, dis-je avec un baiser.

Elle me caresse le torse.

— Moi qui croyais que la vie royale était toute tracée et bien rangée.

— C'est à la fois vrai et faux.

— Tu te fais du souci pour elle ?

— Nous sommes sur une île. Elle n'a pas pu aller bien loin.

Ne ratez pas le prochain tome de la série, *Royal Darling*, quand Emma croise la route d'un bad-boy britannique, star du rock à ses heures !

Royal Darling

Jackson

Être un dieu du rock, ce n'est pas aussi génial qu'on le dit.

Cette vie n'est plus qu'un quotidien sans âme. C'est sur le bateau de mon ami, bien loin des projecteurs, que j'espère retrouver mon amour pour la musique.

Sauf que… Ce ne sera pas pour cette fois.

Je viens de découvrir une passagère clandestine à bord. Quand je comprends qui elle est, je n'en reviens pas. Une foutue princesse ? Et ce petit bout de femme collet monté refuse de quitter le bateau. Je vais lui proposer quelque chose pour la faire fuir : une liaison sans attaches.

Le hic, c'est qu'elle accepte.

Quand je lui dis non, elle s'enferme à double tour dans ma cabine. Je jure de la débarquer au prochain port. Cette fille est un paquet de problèmes sous une charmante enveloppe virginale et je sais que je ferais mieux de ne pas y toucher.

Emma

Je me suis enfuie devant l'autel et j'essaie de réussir mon évasion.

Mais quand Jackson Walker me découvre, cachée dans son bateau – une fois remise de ma stupeur en constatant que je viens de briser la retraite paisible d'une star du rock –, je comprends immédiatement qu'il est tout ce dont j'ai besoin. C'est un homme à l'état brut, mal dégrossi, parfait.

Ma famille ne l'accepterait jamais. La presse ne ferait de nous qu'une bouchée. Je le désire malgré tout.

C'est l'antidote à ma vie toute tracée. Mais saura-t-il dépasser mon titre de noblesse pour voir la femme que j'aspire tant à devenir ?

Inscrivez-vous à ma newsletter afin de ne rater aucune de mes nouvelles publications: Kyliegilmore.com/FRnewsletter

AUTRES PUBLICATIONS DE KYLIE GILMORE

La série du Club de Lecture Happy End

Hollywood incognito (Tome 1)

Au-devant des ennuis (Tome 2)

Même pas cap (Tome 3)

Entente formelle (Tome 4)

Erreur sur le bad boy (Tome 5)

Joue avec moi (Tome 6)

Résister au destin (Tome 7)

Une chance de romance (Tome 8)

Un séducteur diabolique (Tome 9)

Un plan désagréable (Tome 10)

Un mariage Happy End (Tome 11)

La série Rourkes

Royal Catch – Version française (Tome 1)

Royal Hottie – Version française (Tome 2)

Royal Darling – Version française (Tome 3)

La série Clover Park (en anglais)

The Opposite of Wild (Book 1)

Daisy Does It All (Book 2)

Bad Taste in Men (Book 3)

Kissing Santa (Book 4)

Restless Harmony (Book 5)

Not My Romeo (Book 6)

Rev Me Up (Book 7)

An Ambitious Engagement (Book 8)

Clutch Player (Book 9)

A Tempting Friendship (Book 10)

Clover Park Bride (A Clover Park Short)

A Valentine's Day Gift (Book 11)

Maggie Meets Her Match (Book 12)

La série Clover Park STUDS (en anglais)

Almost Over It (Book 1)

Almost Married (Book 2)

Almost Fate (Book 3)

Almost in Love (Book 4)

Almost Romance (Book 5)

Almost Hitched (Book 6)

AU SUJET DE L'AUTEUR

Kylie Gilmore est l'auteur de best-sellers sur la liste de *USA Today* de la série du Club de Lecture Happy End, la série Rourkes, la série Clover Park et la série Clover Park STUDS. Elle écrit de la romance humoristique qui vous fera rire, qui vous fera pleurer et qui vous donnera un coup de chaud.

Kylie vit à New York avec sa famille, deux chats et un chien complètement fou. Quand elle n'est pas en train d'écrire, de courir après ses enfants ou de prendre des notes lors de conférences sur l'écriture, vous la trouverez sur la pointe des pieds, cherchant à atteindre sa cachette secrète de chocolat tout en haut du placard.